Scénario : Kumo Kagyu
Manga : Kousuke Kurose
Design des personnages : Noboru Kannatuki
5

GOBLIN SLAYER

VOLUME 5

SOMMAIRE

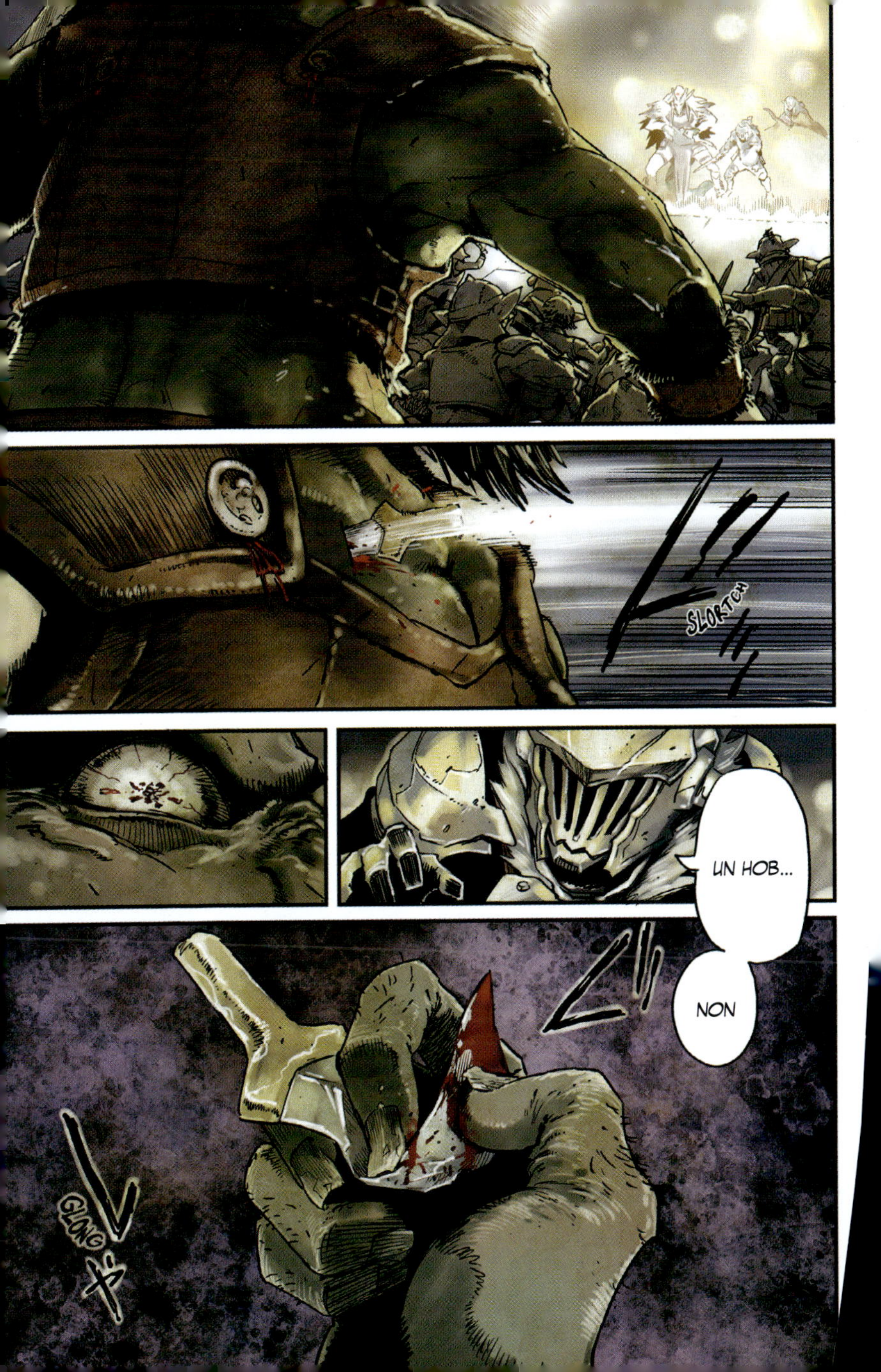
SLORTCH
UN HOB...
NON
GLONG

CHAPITRE 22

CLANG
CLING
CLONG

ZAAAH
EUH...
ZAAK
DAM

SCRATCH

SLORTCH

NE RETENEZ PAS VOS COUPS !
J'Y METS TOUT MON CŒUR !
Ô ANCÊTRES BÉNIS, SOYEZ TÉMOINS DE MES EXPLOITS !
RAAAAH
ON N'EN VOIT PAS LE BOUT !
BAM
ET T'EN PLAINDRE N'Y CHANGERA RIEN !

BAM
!
SLASH
SLORTCH
BAM
VOUH
DOM
...!

ILS TENTENT DE PÉNÉTRER LE SORT DE PROTECTION PAR SON EXTRÉMITÉ !
SHLARK
GUERRIER CROC-DU-DRAGON !
TU TIENS LE COUP, GAMINE ?!
Ç... ÇA PEUT ALLER...
BLOM
CLIC
BLOM
KYAAH

COMMENT POUVEZ-VOUS PEINER À CE POINT FACE À SI PEU D'ADVERSAIRES ?
LE CHAMPION GOBELIN... !
J'AI ENTENDU DIRE QUE C'ÉTAIT L'ÉQUIVALENT D'UN AVENTURIER NATURELLEMENT DOUÉ, ET QUI AVAIT ACCUMULÉ ÉNORMÉMENT DE POINTS D'EXPÉRIENCE. UNE SORTE DE RANG PLATINE POUR GOBELIN, EN QUELQUE SORTE
IL DOIT DONC SANS AUCUN DOUTE S'AGIR DU CHEF DE CETTE MEUTE

C'EST DONC LUI QUE...
MESSIRE LE CRÈVE-GOBELINS VA TENTER DE TUER...
ZDOM

D'UN SEUL COUP VIF !

SLORTCH

!?
IL M'A REMARQUÉ !
IL S'EST SERVI D'UN ALLIÉ COMME BOUCLIER
DANS CE CAS...

CLANG

BLOM

DOM

BLOM

MONSIEUR LE...
CRÈVE-GOBELINS ?

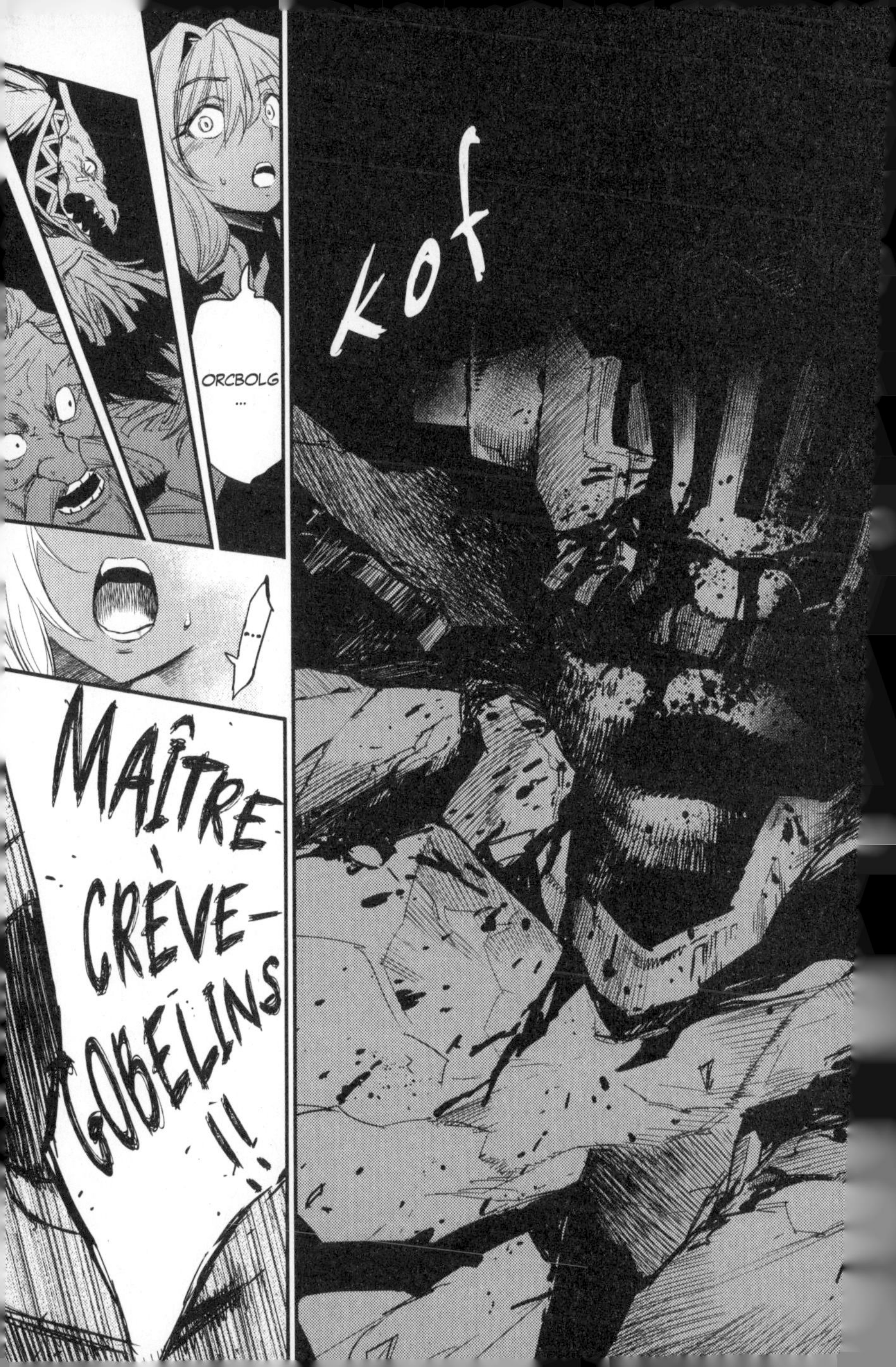
KOF
ORCBOLG
...
...
MAÎTRE-CRÈVE-GOBELINS !!

TONG!
TONG
TONG
VLAF
?!
BLAM
QUOI ?!
LA PROTECTION A DISPARU !!
CONCENTRE-TOI POUR LANCER UN NOUVEAU MIRACLE DE PROTECTION !!
TCHAC
TCHAC
...
OUI !
QU'EST-CE QUI SE PASSE ?
GUERRIER CROC-DU-DRAGON, PROTÈGE NOS ARRIÈRES !

DOM
GLOM
CLANG
!
COMMENT ?!
BAM
BAM
BAM
BAM
Ô… misé… ricordieuse…
t… terre-… mère…
DU CALME ! RESTE CONCENTR…

MAIS ...
DOM
SLORTCH

CLANG

N...
TCHAC
LONGUES-OREILLES !!
BANDE DE PETITS MONSTRES ! LÂCHEZ-LA, PAR LES DIEUX !!
NOOON

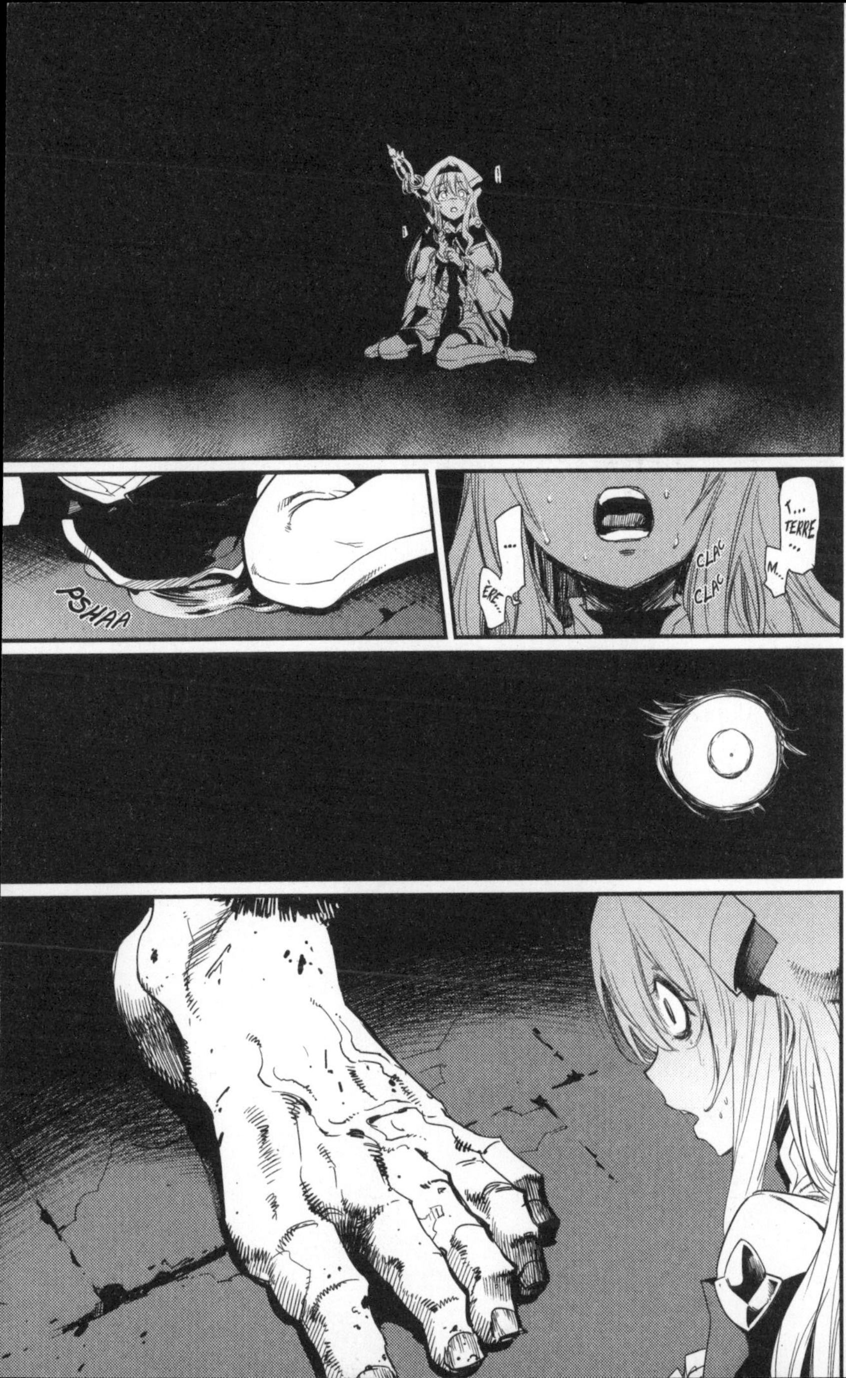
T... TERRE ...
M...
CLAC CLAC
...
ÈRE...
PSHAA

GYOUH
G...
GLAAA
CRAC
AAH
...
?!
N...
NON...
CRAC
CRAC

SCROTCH
GYAAAA

LE SORT,
LE DESTIN.
DICTÉS PAR
LA CHANCE
UN SIMPLE
JET DE DÉS

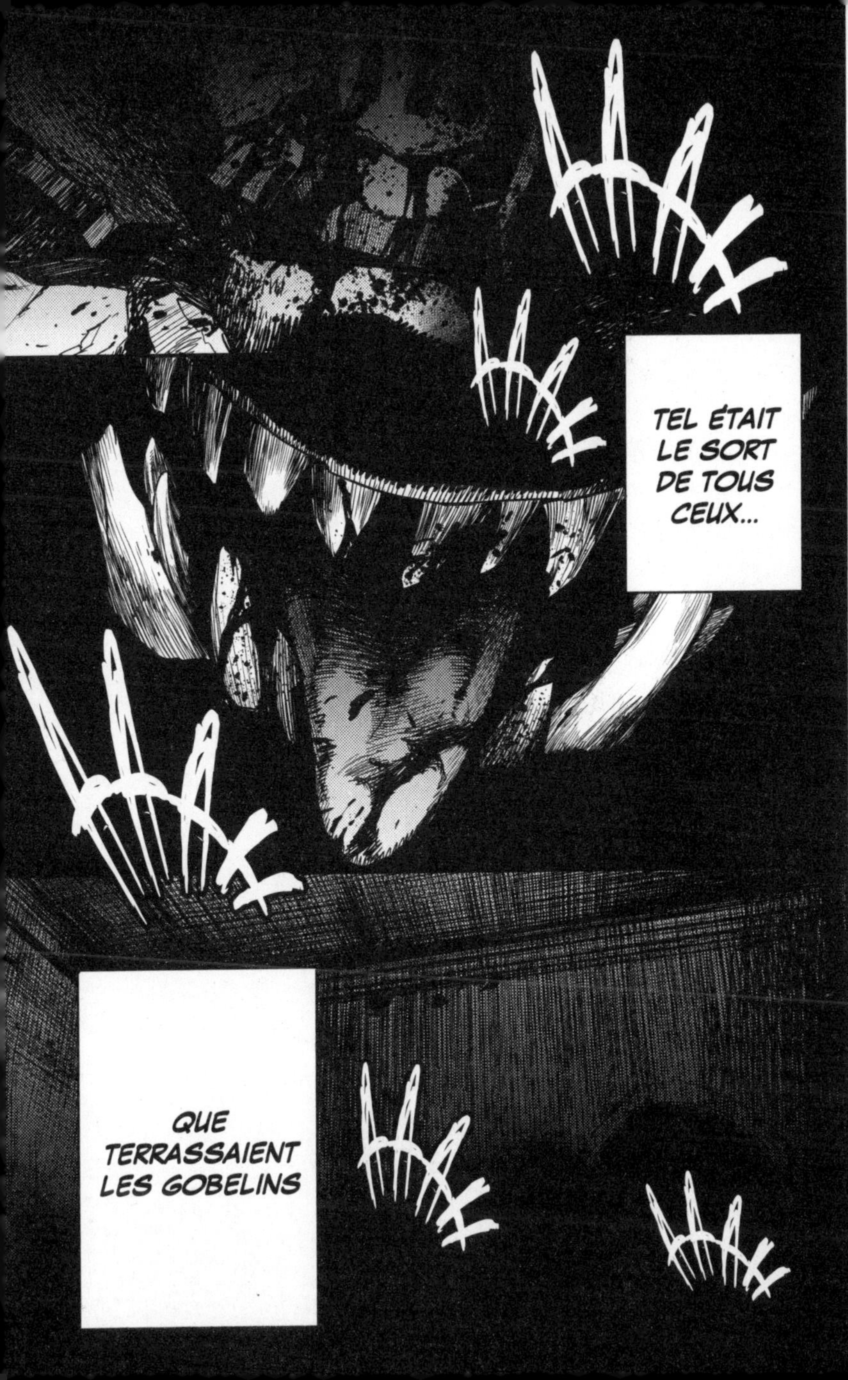
TEL ÉTAIT LE SORT DE TOUS CEUX...
QUE TERRASSAIENT LES GOBELINS

ZOM
DES CONNERIES

ILS SONT RUSÉS...
DES VERMINES
CRUELS ...
ET NOMBREUX
PEUX-TU TUER LES GOBELINS ?
OUI ! JE LES TUERAI
ALORS QUE TU T'ES CONTENTÉ DE REGARDER...
QUAND ILS ONT FAIT DE TA SŒUR LEUR JOUET ?
JE SAIS CE QUE TU VAS ME DIRE. À L'ÉPOQUE, TU N'AVAIS PAS LA FORCE...
C'EST ÇA ?
OUI, MAÎTRE
FAUX !
COMPLÈTEMENT FAUX !!

C'EST PARCE QUE...
TU AS CHOISI DE NE RIEN FAIRE !
DODOM
CHAPITRE 23

CLANG
CLANG
JE SUIS...
APPAREMMENT... ENCORE VIVANT...
GLOUP

ZOUK

GOUAAH

JE NE DOIS PAS ME FAIRE REMARQUER...
JE DOIS RETENTER MA CHANCE... EN PRÉPARANT MIEUX MON COUP !

SLURP
SCROTCH
GLOUP
OUH

GLOUP
GLOUP
GRAAH
AAH
M... MAÎ...
MAÎTRE CRÈVE-... GOB...
GYOUH

PAAAH
CE SONT... CEUX DE...
DES CHEVEUX ?
?

GNH
GNNH
GYOUH

?!
GYOUH
GYOUH
ZOUM
DOM
!!
AH...

GYOUH
GYOUH
GYOUH
ON AFFIRMAIT QUE LES ASSASSINS SE SERVAIENT DE CHEVEUX HUMAINS POUR ÉTRANGLER LEUR CIBLE...
CAR CETTE MATIÈRE ÉTAIT SOLIDE
SPLASH
DOM

VIOUM
BLOM
VIOUM
SPLOSH

VIOUH
SPLASH
L'INDÉCISION A ENVAHI L'ESPRIT DES GOBELINS !!
NOUS AVONS NOS CHANCES !!

GROON
SPLASH
SALES ...
ORDURES !
SPLASH
SPLASH
HAA
HAA
BLAM

DÉGAGE !!
BLOM
JE M'OCCUPE D'EUX !
VA VITE...
OCTROYER UNE « REVIGORATION » À LA PRÊTRESSE !
GRAND MERCI À TOI !

MERCI...
ET DIRE QUE JE DOIS MA VIE À UN NAIN ! JE NE M'EN REMETTRAI JAMAIS
MAIS POUR UNE ELFE, LE PIRE SERAIT DE NE PAS T'EN REMERCIER...
UNE SECONDE TU APPELLES AU SECOURS...
ET LA SUIVANTE TU MONTES SUR TES GRANDS CHEVAUX
SOUH
AU MOINS, JE N'AI PAS BESOIN D'ESCABEAU POUR Y ARRIVER, MOI !
METS-LUI SA RACLÉE, ORCBOLG !!

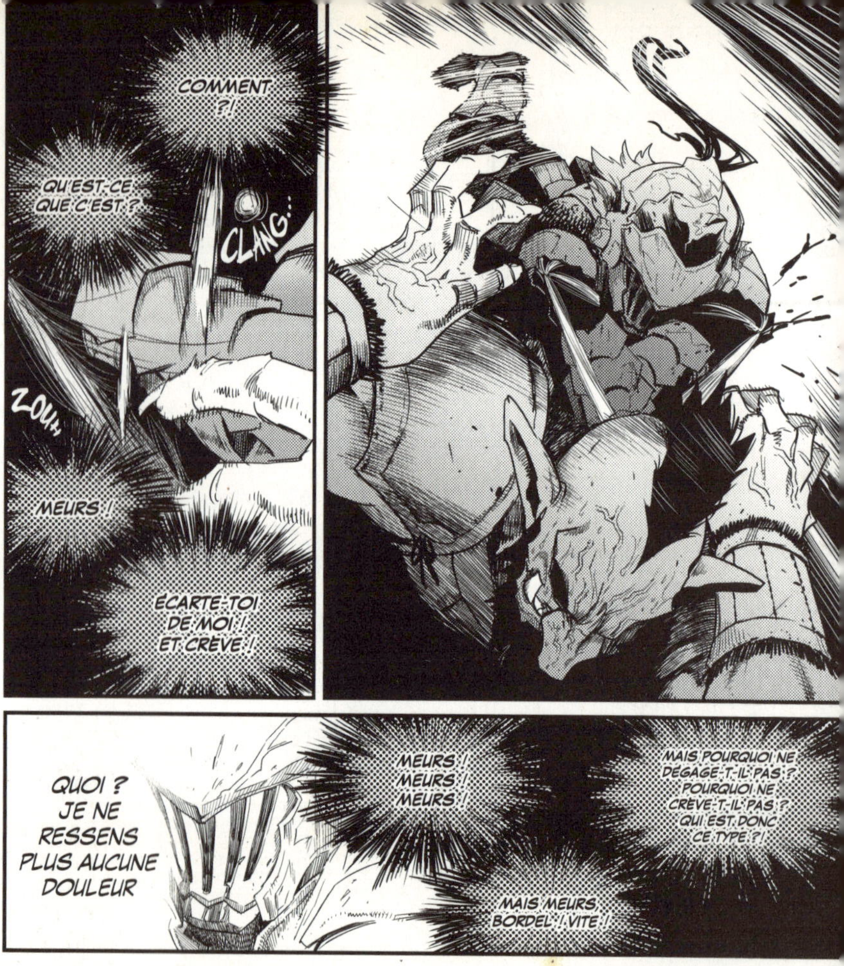

ON DIT QUE LES SENSATIONS SONT UNE PREUVE DE VIE...

AURAIS-JE...

OPTÉ POUR LA MAUVAISE STRATÉGIE ?

ALLEZ, SACRIFIE-TOI !
ENFONCE LE CLOU DE TON PROPRE CERCUEIL
NE PAS RESSENTIR DE DOULEUR ME REND EN RÉALITÉ...
BIEN SERVICE
HÉ !

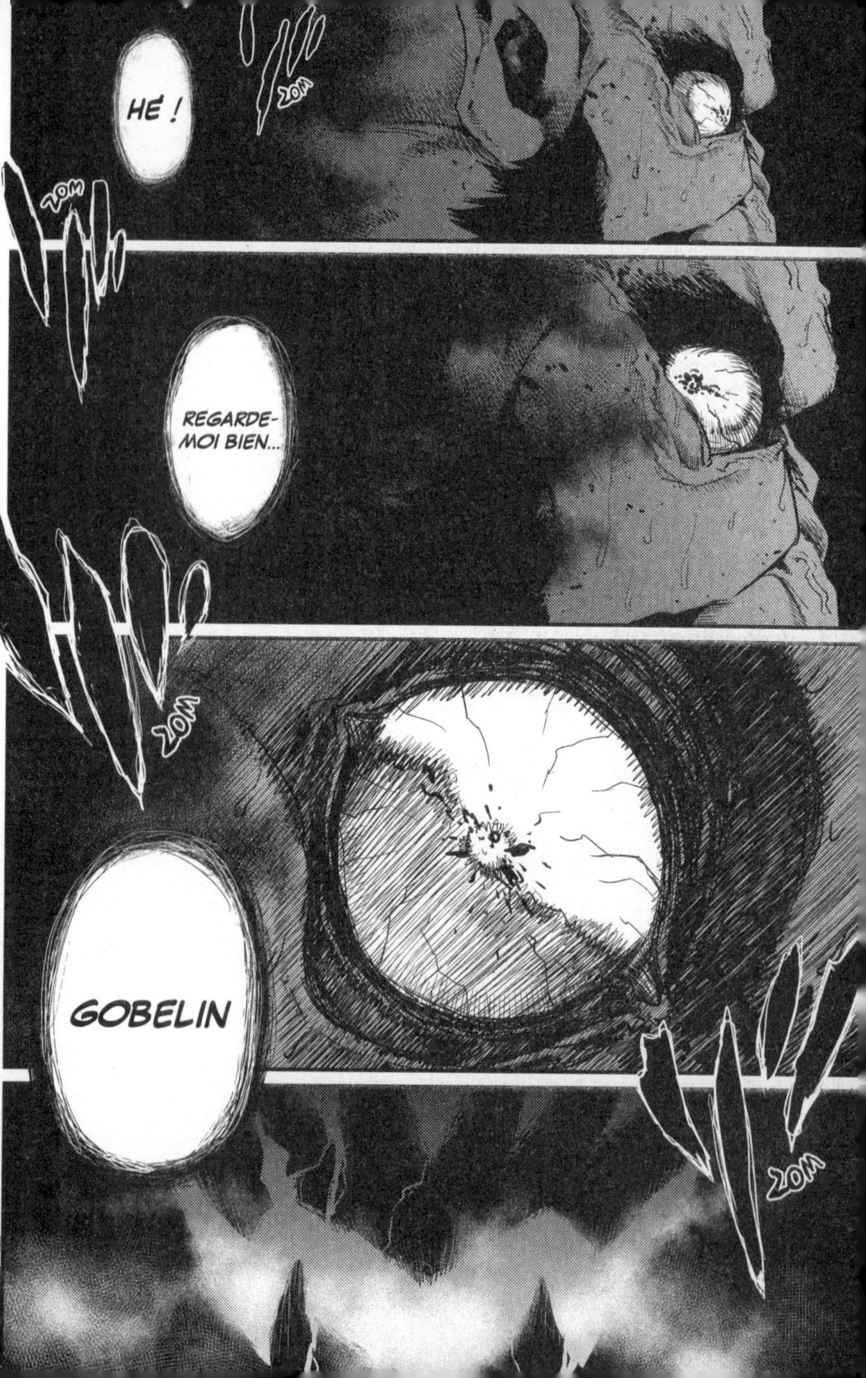
HÉ !
ZOM
ZOM
REGARDE-MOI BIEN...
ZOM
GOBELIN
ZOM

SPLORTCH

DAM !!
BLOM !!

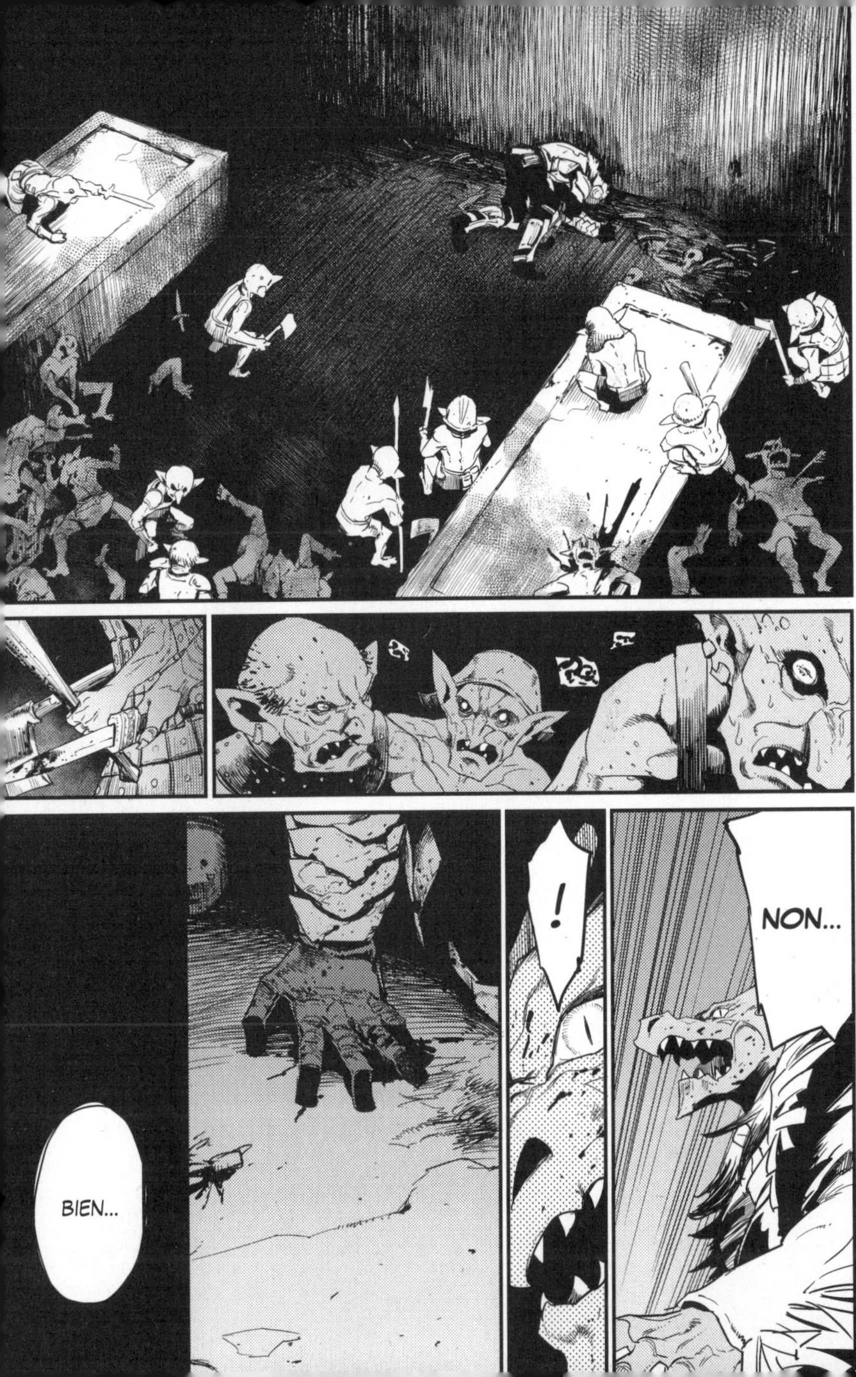
NON...
!
BIEN...

À QUI LE TOUR ?

TOI, PEUT-ÊTRE ?
GLOUP
SPLASH

OU BIEN...
TOI ?

BLOUP
BLOUP
VLAF
CLANG

DOM
DOM
DOM
DOM
DOM
DOM

SI LEUR CHEF FUIT...
C'EST QUE C'EST BEL ET BIEN FINI
!
VLAF
TCHOC

ORCBOLG
TU... VAS BIEN ?
PLUS OU MOINS...
OUI
MAIS POUR TOI, J'AI DES DOUTES
PEUT-ÊTRE

ET LA FILLE ?
SES JOURS NE SONT PAS EN DANGER
UNE BLESSURE UN PEU PLUS PROFONDE, ET JE N'AURAIS PAS ÉTÉ À MÊME DE LA SOIGNER
AH...

JE S... SUIS DÉSO...
LEE...
NE T'INQUIÈTE PAS POUR ÇA
CE SONT DES CHOSES...
QUI ARRIVENT

REMONTONS
IL SERAIT DOMMAGE D'ÊTRE ENCORE DANS LE COIN QUAND ILS REVIENDRONT
ORCBOLG, TU PEUX MARCHER ?
FLAP
COUVRE-TOI AVEC...
CETTE CHEMISE, GAMINE
JE PEUX M'OCCUPER DE TRANCHE-BARBE
ENCORE UN PETIT EFFORT, PRÊTRESSE
NOUS SERONS BIENTÔT EN SÉCURITÉ...
D'AILLEURS, JE ME DEMANDE COMMENT VA LE CANARI...
ORCBOLG ?

CHAPITRE 24
POURQUOI N'AS-TU PAS AFFRONTÉ CES GOBELINS ?
POURQUOI NE T'ES-TU PAS ENFUI AVEC TA SŒUR ?
C'EST PARCE QUE...
TU AS REFUSÉ DE LA SAUVER
LES QUESTIONS DE SUCCÈS OU D'ÉCHEC, DE VIE OU DE MORT, ÇA VIENT PLUS TARD !
« JE SUIS IMPUISSAAANT ! JE NE PEUX RIEN FAAAAIRE !! »
« OH ! LES DIEUX M'ONT DONNÉ LA FORCE ! MAINTENANT JE PEUX TUER TOUUUS LES GOBELINS ! »
« OH ! UN HÉROS LÉGENDAIRE M'A PRIS SOUS SON AILE ! MAINTENANT JE PEUX TUER TOUUUS LES GOBELINS ! »
« MAINTENANT, J'AI LES MOYENS DE FAIRE TOUUUT CE QUE JE VEUX ! »
TU CROIS QU'UN GAMIN QUI N'A PAS LEVÉ LE PETIT DOIGT QUAND IL N'AVAIT AUCUNE FORCE...
SAURA AGIR UNE FOIS QU'IL AURA OBTENU CETTE FORCE ?

TU N'ES PAS BIEN FUTE...
TU N'AS AUCUN TALENT...
TU N'ES QU'UN VAGABOND COMME IL Y EN A DES MILLIERS
BREF, TU N'ES RIEN
MAIS C'EST QUAND MÊME À TOI QU'APPARTIENT LE CHOIX
CLAP
DECIDER D'AGIR, VOILA TA VICTOIRE
VLOUF
IL FAUT DE LA CHANCE, DES MENINGES ET... DES TRIPES !

TU AS LA GUIGNE...
ET TU N'ES PAS BIEN MALIN
LÈVE LA TÊTE !
PLOP
C'EST L'HEURE DES DEVI-NETTES !
QUELQUES PETITES ÉNIGMES !!
RÉPONDS VITE...
SI TU TIENS À LA VIE !
MAIS AS-TU SEULEMENT DE LA VOLONTÉ ?
JE VAIS T'APPRENDRE À DÉVELOPPER TOUS TES DONS EN MÊME TEMPS
OUI, MAÎTRE

...
« NOUS SOMMES SUR UNE CARTE » !
VIOUH
VIOUH
TOUT À FAIT !
VLOF
VLOF
VLOF
ALLEZ, ON CONTINUE !
SPLASH
CRAC
NOIR DANS DU NOIR DANS DU NOIR DANS DU NOIR
DODODOM
FACILE
SUIVANTE
CRIC
« UN GOBELIN... DANS LE VENTRE D'UNE CAPTIVE, DANS UNE CAGE DE GOBELINS, DANS UNE CAVERNE DE GOBELINS ! »
« À TOUT INSTANT, À TOUT MOMENT, ON PEUT LA RENCONTRER, IMPOSSIBLE DE LUI ÉCHAPPER ! ON NE PEUT PAS LUI PARLER ! LA VOILÀ, À TES CÔTÉS ! DOMMAGE POUR TOI ! C'EST TERMINÉ ! »

ZDOM
C'EST...
C'EST...
AH !
EXCELLENT !
TU N'AS PAS DE CHANCE
TU N'ES PAS FUTÉ
TON UNIQUE ATOUT, CE SONT TES TRIPES
ALORS RÉFLÉCHIS !
PENSE AVEC TES TRIPES !
OUI
MAÎTRE

QU'EST-CE QUE J'AI DANS MA POCHE ?

...
CELA DOIT ÊTRE UNE DES SALLES DU TEMPLE DE LA LOI
J'AI DÛ PERDRE CONNAISSANCE
AU MOINS, C'EST LA PREUVE QUE JE SUIS SORTI DE CE SORDIDE REPAIRE SOUTERRAIN
JE SUIS EN VIE. IL Y AURA DONC UNE PROCHAINE FOIS
CELA FAIT MAINTENANT CINQ ANS QUE JE ME SUIS SÉPARÉ DE CE VIEUX RHÉA...
UN MATIN, IL M'A SIMPLEMENT DIT QU'IL PARTAIT EN VOYAGE ET N'EST JAMAIS REVENU...
CES MIRACLES DE SOIN...
SONT IMPRESSIONNANTS

PLUS AUCUN SIGNE DE BLESSURE
ZZZ
ZZZ
JUSQU'A AUJOURD'HUI, J'AI MULTIPLIE LES ERREURS
MAIS LES CONSÉQUENCES DE CES ÉCHECS NE SE LIMITAIENT ALORS QU'À MOI
MAIS AUJOURD'HUI...

C'EST DIFFÉRENT...
IL NE M'A JAMAIS PARLÉ DE CE CAS DE FIGURE...
OH, TU ES RÉVEILLÉ !

AS-TU APPRÉCIÉ DE...
PARTAGER UN OREILLER...
AVEC MOI...
ET AVEC ELLE ?
PAS DÉPLAISANT

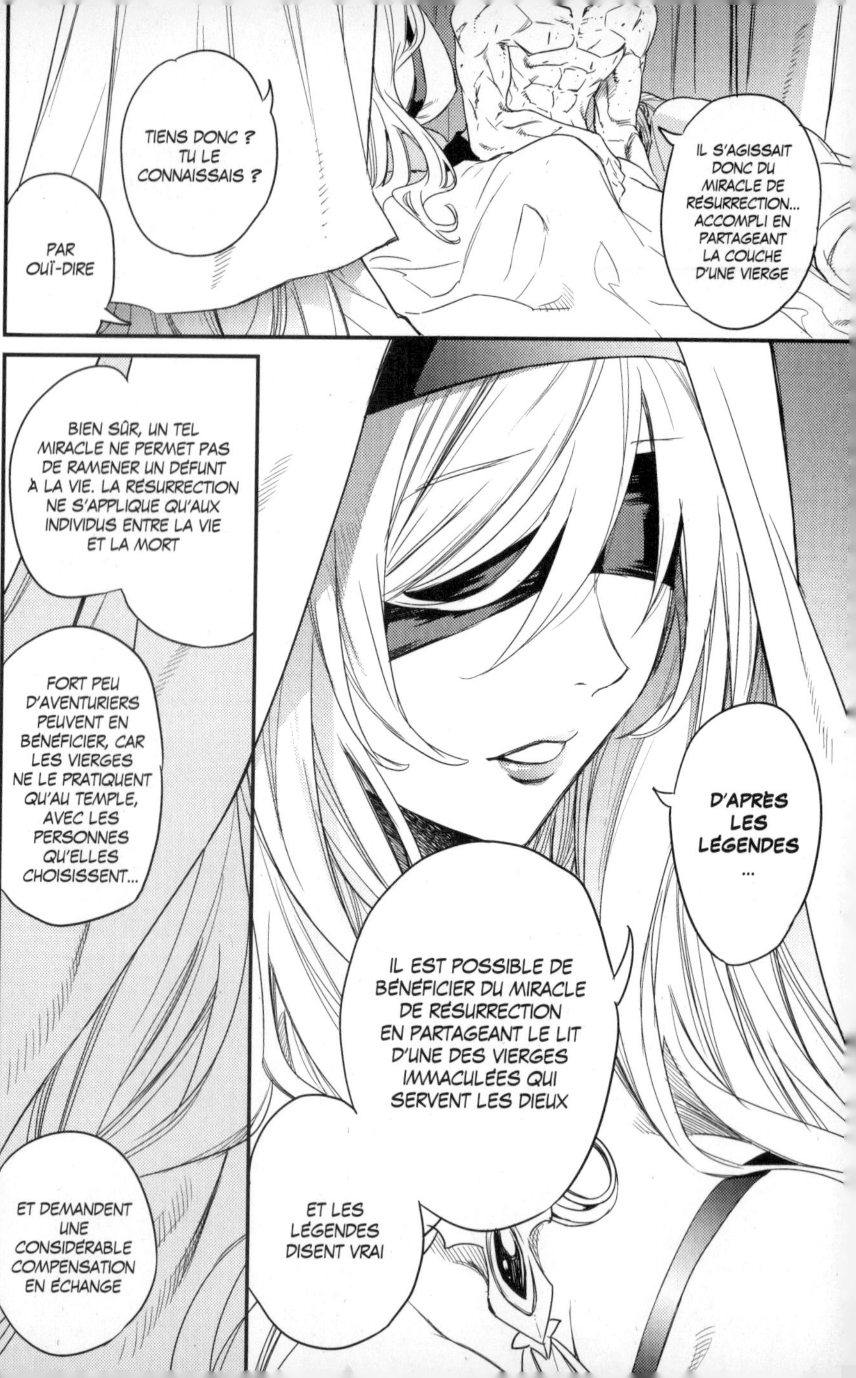
IL S'AGISSAIT DONC DU MIRACLE DE RÉSURRECTION... ACCOMPLI EN PARTAGEANT LA COUCHE D'UNE VIERGE
TIENS DONC ? TU LE CONNAISSAIS ?
PAR OUÏ-DIRE
D'APRÈS LES LÉGENDES ...
IL EST POSSIBLE DE BÉNÉFICIER DU MIRACLE DE RÉSURRECTION EN PARTAGEANT LE LIT D'UNE DES VIERGES IMMACULÉES QUI SERVENT LES DIEUX
ET LES LÉGENDES DISENT VRAI
BIEN SÛR, UN TEL MIRACLE NE PERMET PAS DE RAMENER UN DÉFUNT À LA VIE. LA RÉSURRECTION NE S'APPLIQUE QU'AUX INDIVIDUS ENTRE LA VIE ET LA MORT
FORT PEU D'AVENTURIERS PEUVENT EN BÉNÉFICIER, CAR LES VIERGES NE LE PRATIQUENT QU'AU TEMPLE, AVEC LES PERSONNES QU'ELLES CHOISISSENT...
ET DEMANDENT UNE CONSIDÉRABLE COMPENSATION EN ÉCHANGE

PAR EXEMPLE, IL LEUR EST IMPOSSIBLE DE CONNAÎTRE LE STUPRE SI L'ON VEUT ACCOMPLIR CE MIRACLE
JE N'AURAIS JAMAIS CRU QU'UN AVENTURIER ORDINAIRE COMME MOI AURAIT UN JOUR BESOIN DE TELLES FAVEURS
HI HI
QUE DIS-TU, VOYONS
N'ES-TU PAS RANG ARGENT ?
LE TROISIÈME PLUS HAUT POSSIBLE ?
HUM...
...
PFF
J'IMAGINE QU'UN AVENTURIER ORDINAIRE S'ATTENDRAIT ...
QUE JE SOUSTRAIE LE PRIX DE CE SERVICE DE SES GAGES ?
SOUH
J'IMAGINE ...
QU'ON NE PEUT GUÈRE PLUS...

ME CONSIDÉRER COMME IMMACULÉE
LES GOBELINS ?
OUI
IL Y A UNE DIZAINE D'ANNÉES...
J'ÉTAIS AVENTURIÈRE, MOI AUSSI...
TU VEUX QUE JE TE RACONTE...
CE QU'ILS M'ONT FAIT...
DANS LEUR GROTTE...
QUAND ILS M'ONT CAPTURÉE ?

...
JE LE SAIS DÉJÀ
J'AI CRIÉ...
POUR QU'ILS ARRÊTENT ...
À CAUSE DE LA DOULEUR
J'AI PLEURÉ...
COMME UNE ENFANT
MAIS ...

JE NE VOIS
PAS CLAIREMENT
MAIS JE TE DISTINGUE ICI, COMME UNE OMBRE
JE LES VOIS PARTOUT...
CEPENDANT, J'AI TOUJOURS ...
L'IMPRES-SION...
QUE SI JE DÉTOURNE LE REGARD...
ILS S'ÉVA-NOUIRONT DANS L'AIR...
COMME SI LES GENS N'ÉTAIENT QUE DES OMBRES

JE VEUX RÉPARER MON ÉQUIPEMENT
Y A-T-IL UN ATELIER OU UN ARMURIER DANS LE COIN ?
LES GENS...
LES FEMMES...
SONT SI FAIBLES

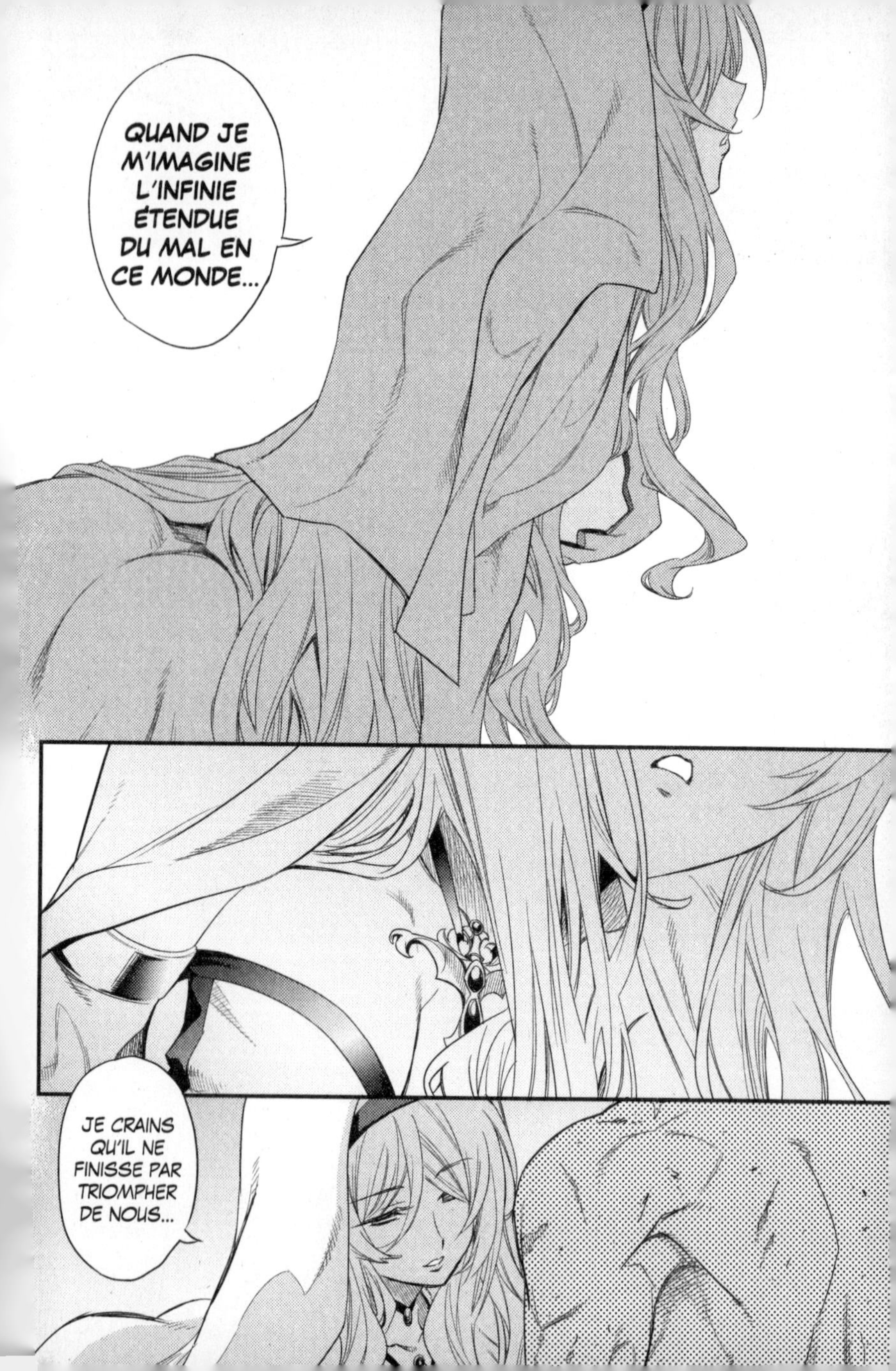
QUAND JE M'IMAGINE L'INFINIE ÉTENDUE DU MAL EN CE MONDE...
JE CRAINS QU'IL NE FINISSE PAR TRIOMPHER DE NOUS...

JE RESSENS DE L'ANGOISSE ...
DE LA PEUR
ÇA DOIT TE PARAÎTRE ÉTRANGE, N'EST-CE PAS ?
J'AI BEAU ÊTRE LA VIERGE À L'ÉPÉE...
CHAQUE...
NUIT...
LA TERREUR M'ÉTREINT
JE SUIS TERRIFIÉE
JE N'EN PEUX PLUS !

TEL EST LE MONDE DANS LEQUEL NOUS VIVONS
MÊME SI D'AUTRES NOUS AIDENT...
J'IMAGINE QUE PERSONNE...
N'EST À MÊME DE COMPRENDRE ...
N'EST-CE PAS ?
JE VOIS

JE VOIS ?
DIS-TU ?
HU HU...
AI-JE DIT QUELQUE CHOSE D'ÉTRANGE ?
JE SUIS CELLE QUI A TERRASSÉ LES DIEUX DÉMONS
NE L'OUBLIE PAS
À TON AVIS ?
EVIDEMMENT !

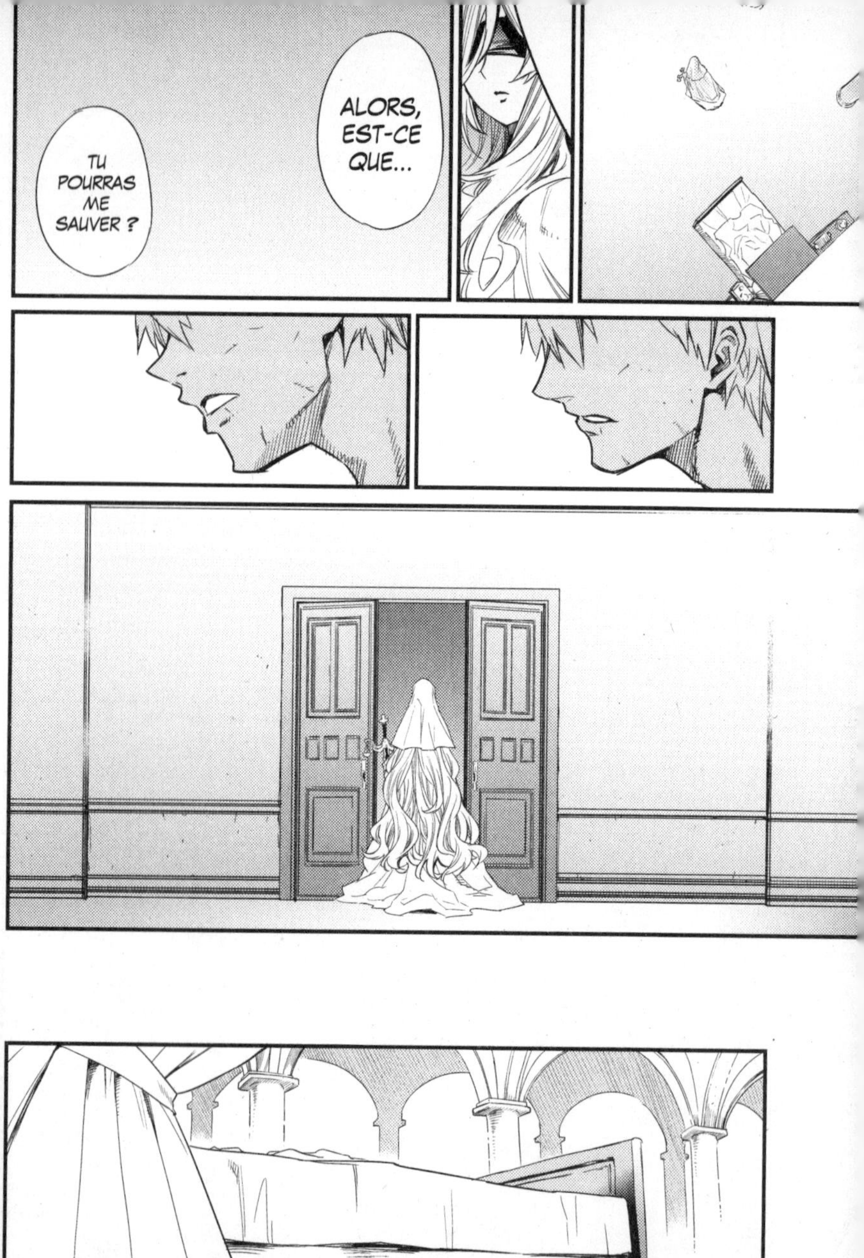
ALORS, EST-CE QUE...
TU POURRAS ME SAUVER ?

OUH...
HUM... ?
HUM...
PLOP
HEIN ?
OUAAAAAH
AAAAAH

EUH...
...
V...
VOUS ...
N'AVEZ RIEN VU ?
SI
SOIS RASSURÉE
TES BLESSURES SONT GUÉRIES

ET... ET LES VÔTRES, LE SONT-ELLES ?
OUI
MAÎTRE CRÈVE-GOBELINS...
QUOI ?
VOUS ME PARAISSEZ... DIFFÉRENT...
QU'EST-CE QUI TE FAIT DIRE ÇA ?
VOUS N'AVEZ RIEN FAIT DE...
TROP AUDACIEUX, N'EST-CE PAS ?
NON

RIEN N'A CHANGÉ DU TOUT
EUH...
VOUS VOILA ENFIN !
BLAM
YAAH

J'AI ENTENDU DIRE QUE VOUS ÉTIEZ RÉVEILLÉS !
COMMENT ÇA VA ?
TRANCHE-BARBE, JEUNE FILLE...
ON DIRAIT QUE VOUS EN ÊTES SORTIS INDEMNES, FINALEMENT
C'EST LE PRINCIPAL
LE SORTILÈGE A MANIFESTEMENT ÉTÉ LANCE EN TEMPS ET EN HEURE
ET VOUS, VOUS ALLEZ BIEN ?
C'EST À NOUS QUE TU DEMANDES ÇA, ORCBOLG ?
ET LE CANARI ?
EN PLEINE FORME !
MAIS AU FAIT, ORCBOLG...
TU ÉTAIS AU COURANT AU SUJET DE CE SARCOPHAGE ?
QUOI DONC ?

EN ALLANT RÉCUPÉRER LE CANARI, J'AI REMARQUÉ QUE...
LA TOMBE, LÀ !
CELLE SUR LAQUELLE TU ES TOMBÉ !
CE SARCOPHAGE EN PIERRE NE CONTENAIT PAS DE CADAVRE, MAIS UN ESCALIER MENANT À UN NIVEAU INFÉRIEUR !
LE FAIT QUE CETTE TOMBE ÉTAIT VIDE A AMORTI LE CHOC...
C'EST CE QUI T'A SAUVÉ LA VIE...
UN COUP DE CHANCE
CAR JE N'AI PAS CHOISI OÙ J'AI CHUTÉ
IL N'EST PAS CROYABLE
QUAND J'AI VU QUE TU AVAIS RÉUSSI À TE RELEVER MALGRÉ LE COUP CRITIQUE REÇU...
J'AI COMMENCÉ À ME DEMANDER SI TU ÉTAIS VRAIMENT HUMAIN...

Franchement...
Une chance pareille, c'est pas possible !
La preuve qu'il doit être béni par les dieux de la guerre
Quoi qu'il en soit, rien ne nous empêche plus de reprendre nos pérégrinations, dorénavant
Mais peut-être convient-il toutefois d'accorder un peu de temps à l'entretien de notre harnachement...
Qu'est-ce que tu racontes, tête d'écailles ! La première chose à faire, c'est de manger un bon gueuleton !
Pardon, où avais-je la tête !
Mon estomac crie famine !
Tu ferais peut-être mieux au contraire de perdre un peu de poids pour rendre service à ta ceinture, le nain !
...
...

CLANG
CLANG
HÉ OH, ORCBOLG ?
CLANG
QU'EST-CE QUI T'ARRIVE À RÊVASSER AINSI ?
TU N'AS PAS ENCORE RETROUVÉ TOUTE TA FORME ?
SI
TU SAIS QU'ELLE N'ARRÊTAIT PAS DE PLEURNICHER « CRÈVE-GOBELINS » PAR-CI, « CRÈVE-GOBELINS » PAR-LÀ ! ÇA N'EN FINISSAIT PAS !
ALORS ÉVITE DE TROP L'ANGOISSER, VEUX-TU !
QUE... QU... QUOI ?
Tu m'avais promis de...
CELA NE DOIT PAS ÊTRE FACILE DE VIVRE APRÈS S'ÊTRE FAIT LÉCHER LE VISAGE...
PAR CE GROS GOBELIN, MA PAUVRE...
Ça va, du calme
BAH, JE M'EN SORTIRAI...
J'AI DÉJÀ DÛ ENDUIRE MON CORPS DES ENTRAILLES DE CES CHOSES...
Je ne suis plus à ça près...
ARF, C'EST VRAI...

BIEN, ALLONS-Y !
PERSONNE N'A ENCORE MANGÉ, JE CROIS
OUI
ON S'EST TOUS ÉCROULÉS DE FATIGUE À NOTRE RETOUR
CROYEZ-MOI, ON VA RATTRAPER CES DEUX JOURS SANS MANGER NI BOIRE !
ET MOI DONC !
HIER, J'ÉTAIS ENCORE TROP DÉGOÛTÉE POUR MANGER QUOI QUE CE SOIT...
PROFITONS QU'ORCBOLG A PU SE LEVER TÔT AUJOURD'HUI !
ET MOI, J'AI DÛ PARTICIPER AU MIRACLE DE RÉSURRECTION, ENTRE AUTRES CHOSES...
PERSONNE N'A ENCORE MANGÉ, DONC ?
POURQUOI ?

NOUS NOUS ÉTIONS FAIT UNE PROMESSE, VOUS VOUS SOUVENEZ ?
NOUS AVIONS JURÉ QUE SI NOUS EN RÉCHAPPIONS, NOUS PRENDRIONS UN BON REPAS ENSEMBLE
HUM...
ET VOUS NE VOUDRIEZ QUAND MÊME PAS MANQUER À VOTRE PAROLE, NON ?

ET DONC, TÂCHEZ DE BIEN VOUS REPOSER PENDANT QUE L'ON PART EXPLORER...
CES CATACOMBES, C'EST BIEN COMPRIS ?
EUH...
VOUS NE FERIEZ PAS MIEUX D'Y ALLER UNE FOIS QUE VOUS AUREZ PLEINEMENT RÉCUPÉRÉ ?
LE PASSAGE SECRET CACHÉ SOUS CE SARCOPHAGE...
DEVAIT FORCÉMENT ÊTRE CONNU DE TOUS LES GOBELINS QUI SE TROUVAIENT...
DANS CETTE CHAMBRE SÉPULCRALE PUISQU'ILS Y AVAIENT PRÉPARÉ LEUR GUET-APENS
PLUS NOUS METTRONS DE TEMPS À Y RETOURNER, PLUS ILS SERONT AVANTAGÉS
NE VOUS INQUIÉTEZ PAS, ON NE PRENDRA AUCUN RISQUE

CHAPITRE 25
ALLONS-Y

QUELLE CHANCE QU'IL FASSE SI BEAU TEMPS !
TU VEUX QUE JE LE PORTE ?
NON, ÇA VA !
TOUT DEVRAIT BIEN SE PASSER POUR LES AUTRES
OUI
VOS PLAIES SONT-ELLES REFERMÉES ?
OUI

VOUS SEREZ BIEN PLUS PRUDENT À PARTIR DE MAINTENANT, HEIN ?
OUI
QU'EST-CE QUI NE VA PAS ?
J'EN AI ASSEZ !
VOUS N'AVEZ PAS PRONONCÉ D'AUTRE MOT QUE « OUI » DEPUIS LE DÉBUT DE LA CONVERSATION !
AH BON ?
EH OUI !
AH BON...
ET VOUS RÉPÉTEZ SANS CESSE « AH BON », EN PLUS !

HUMPF...
JE VAIS Y REMÉDIER
BONNE IDÉE !
VOUS AVEZ PARLÉ DE FAIRE DES EMPLETTES...
OUI
!
MOI, JE VAIS EXAMINER LES ARMES ET LES ARMURES
QUANT A MOI, C'EST MA CHEMISE DE MAILLES QUI EST FICHUE
JE ME DISAIS QUE JE POUVAIS PEUT-ÊTRE TROUVER UN ENDROIT OÙ LA FAIRE RÉPARER

TU GAGNERAIS SANS DOUTE DU TEMPS À EN ACHETER UNE NEUVE
JE NE VEUX PAS
POURQUOI ÇA ?
PARCE QUE... C'EST LA PREMIÈRE CHOSE QUI M'A VALU UN COMPLIMENT DE VOTRE PART
AH BON ?
AH OUI, TIENS...

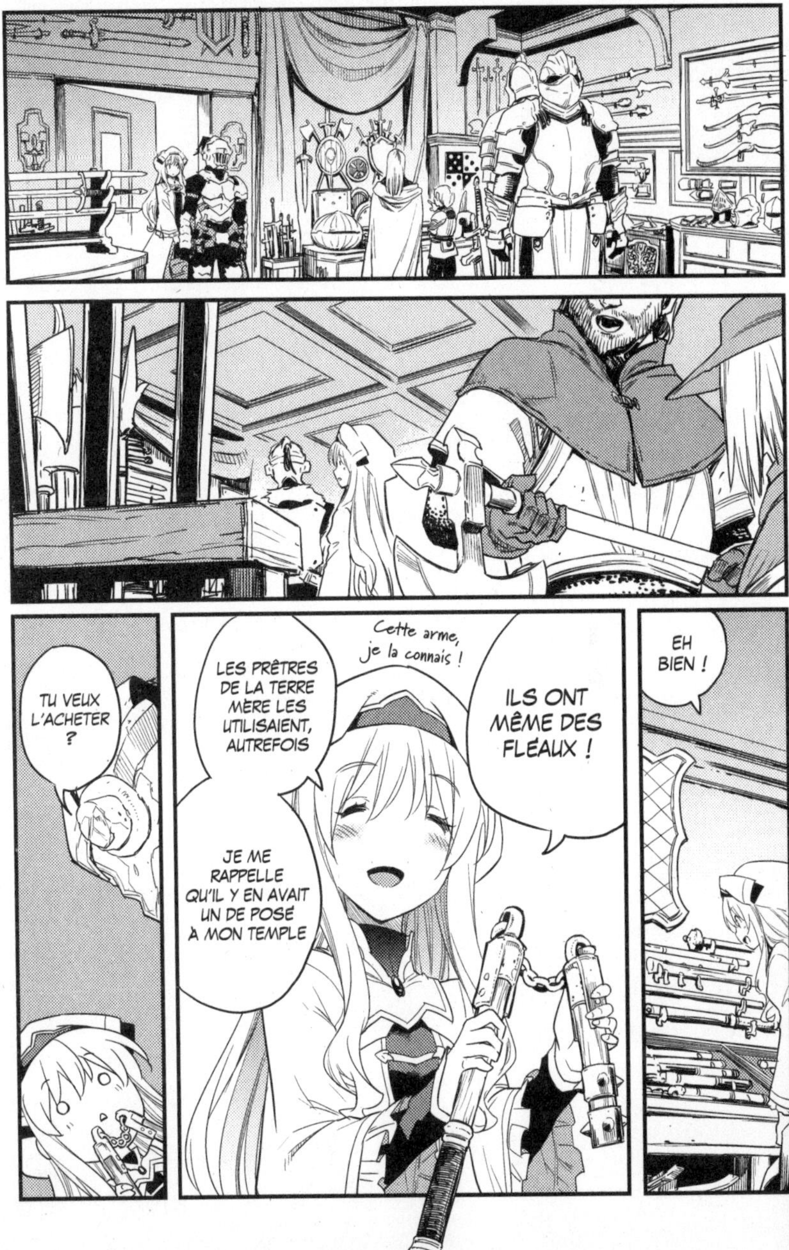
EH BIEN !
ILS ONT MÊME DES FLÉAUX !
Cette arme, je la connais !
LES PRÊTRES DE LA TERRE MÈRE LES UTILISAIENT, AUTREFOIS
JE ME RAPPELLE QU'IL Y EN AVAIT UN DE POSÉ À MON TEMPLE
TU VEUX L'ACHETER ?

PLONG
KYAAH
Mieux vaut éviter...
EUH, EXCUSEZ-MOI...
HUM ?
AH, BIENVENUE...
POURRIEZ-VOUS RÉPARER CETTE CHEMISE DE MAILLES ?
SACRÉ TROU, DITES DONC !
VOUS NE PRÉFÉREZ PAS EN ACHETER UNE NOUVELLE ?
JE PRÉFÈRE LA FAIRE RÉPARER...
...
SCRUTE
?
UNE NOVICE À COUP SÛR

J'EN AI POURTANT DES MOINS CHÈRES ET PLUS LÉGÈRES QUE ÇA, SI VOUS VOULEZ ?
ULOUF
!
N... NON MERCI !
CLING
J'AI BESOIN DE RÉPARATIONS, MOI AUSSI
UN... R... RANG ARGENT...
MON ARMURE DE CUIR ET MON BOUCLIER ROND
EN MÊME TEMPS QUE CETTE COTTE DE MAILLES AUSSI
CLONG
DOM

PAS DE NETTOYAGE
ET J'AI RETIRE LA SANGLE INTÉRIEURE DU BOUCLIER MOI-MÊME
LE PLUS VITE POSSIBLE...
CLANG
CLANG
JE VOUS PRIE
EUH... ET QUANT AU PAIEMENT, SI L'ON AJOUTE LES FRAIS NÉCESSAIRES POUR TERMINER RAPIDEMENT...
NE VOUS INQUIÉTEZ PAS
CLING
DOM
O...
OH...
M... MERCI, MESSIRE...
ARRÊTEZ TOUT, ON A UNE URGENCE !
JE VAIS JETER UN COUP D'ŒIL À VOS ÉPÉES
AH OUI ! J'AI JUSTEMENT CE QU'IL VOUS FAUT !
CETTE BELLE LAME EN MITHRIL ! AUSSI LÉGÈRE QU'UNE PLUME ET TRANCHANTE COMME...
INUTILE
SI VOUS PRÉFÉREZ, J'AI UN BEL OBJET FORGÉ PAR LES NAINS...
TROP LONGUE

JE PRENDRAI CELLE-CI
HEIN ?!
UN PEU LONGUE, MAIS JE PEUX LA RABOTER MOI-MÊME
COMMENT ? M... MAIS MESSIRE... AVEC UNE LAME PAREILLE, AU MIEUX, VOUS NE RÉUSSIREZ QU'À TUER DES GOBELINS...
C'EST BIEN MON INTENTION
J'EMPRUNTE VOTRE MEULE
O... OK...
HI HI
LA TÊTE QU'IL FAISAIT !
TU TROUVES ?
EN TOUT CAS, ELLE S'EST RÉVÉLÉE BIEN UTILE...
?

CECI
CETTE PLAQUE DU RANG ARGENT...
SACHE QUE...
ON M'AVAIT DÉJÀ APPRIS, QUAND DES MARCHANDS FAISAIENT MONTRE DE PEU D'ENTRAIN ENVERS UN AVENTURIER...
QUE LEUR ATTITUDE CHANGEAIT DU TOUT AU TOUT SI ON LEUR MONTRAIT NOTRE PLAQUE
MOI QUI PENSAIS QUE ÇA NE SERVAIT QU'AUPRÈS DE LA GUILDE DES AVENTURIERS
ELLE PEUT AUSSI ÊTRE UTILE DANS CES MOMENTS-LÀ
N'HÉSITEZ PLUS ! LA « CRÈME DE GLACE » QUI FOND DANS LA BOUCHE !
DÉLICIEUSE ! UNE SENSATION UNIQUE !

DE LA... CRÈME DE GLACE ?
JE ME DEMANDE CE QU'ILS PEUVENT BIEN VENDRE
DES FRIANDISES, À PREMIÈRE VUE
VAS-Y
AH... MERCI
CHEF !
SOUH
Miam
... OUAH !
C'EST FORMI-DABLE !
FROID ET SUCRÉ !
HUM
HUM
HUM
OUAH
OUAH

PAAH
TU AIMES ?
OH OUI !
AU TEMPLE, NOUS N'AVIONS GUÈRE L'OCCASION DE DÉGUSTER DES SUCRERIES...
JE VOIS... UNE FRIANDISE GLACÉE
BIENVENUE, CHER MONSIEUR ! ÇA VOUS DIT ?
À PREMIÈRE VUE, VOUS NE FAITES USAGE D'AUCUNE MAGIE. COMMENT FAITES-VOUS ?
EH BIEN... JE DOIS AVOUER QUE MÊME POUR MOI, LE PRINCIPE DE LA CHOSE M'ÉCHAPPE UN PEU
UN ÉRUDIT A DÉCOUVERT QUE L'EAU REFROIDISSAIT PLUS VITE SI ON Y AJOUTAIT DE LA POUDRE DE FEU
CLAP
CLAP
UN PETIT VIN GLACÉ ? C'EST UN RÉGAL AVEC CE TRUC
ET ÇA MARCHE AUSSI AVEC LES FRUITS

LE TYPE S'EST ALORS DIT : ET SI J'ESSAYAIS AVEC DU LAIT DE VACHE ? ET VOILÀ LE RÉSULTAT
JE VOIS
TRÈS INTÉRESSANT
DONNEZ-M'EN UNE. GARDEZ LA MONNAIE
CERTAINEMENT, MESSIRE !
SCRUTE
HI HI
QUOI ?
Ne regardez pas la cerise comme ça, elle risque de s'enfuir
RIEN, JE VIENS JUSTE DE COMPRENDRE COMMENT VOUS FAITES POUR EN SAVOIR TANT SUR TOUT
ÇA VOUS DIT DE DÉGUSTER ÇA TRANQUILLEMENT SUR CE BANC ?

C'EST TOUT DE MÊME...
ÉTRANGE
TOUS CES GENS NE SE DOUTENT PAS UNE SECONDE QUE DES GOBELINS VIVENT SOUS LEURS PIEDS
EN EFFET
CERTAINS ONT SANS DOUTE ÉTÉ BLESSÉS, POURTANT... ILS DOIVENT EN AVOIR PEUR, MAIS...
MAIS PERSONNE NE PARAÎT S'EN SOUCIER...
QUAND J'ÉTAIS PETIT...
À UNE ÉPOQUE, JE CROYAIS QUE SI JE FAISAIS NE SERAIT-CE QU'UN PAS, LE SOL S'OUVRIRAIT SOUS MES PIEDS ET M'ENGLOUTIRAIT
J'AVAIS PEUR DE MARCHER À CAUSE DE ÇA

CE GENRE DE CHOSE N'EST PAS IMPOSSIBLE
MAIS PERSONNE NE S'EN INQUIÈTE JAMAIS
MA SŒUR ET L'AUTRE FILLE, MON AMIE, SE MOQUAIENT DE MOI...
MAIS J'AI MIS DU TEMPS À COMPRENDRE QUE, MALGRÉ MA TERREUR...
IL FALLAIT BIEN QUE JE MARCHE
C'EST... C'EST VRAI ?
TOUT À FAIT
MAIS AUJOURD'HUI ENCORE, J'ÉPROUVE UNE VÉRITABLE TERREUR
WHOUU...

J'APPRÉCIE TON AIDE
MAIS ELLE N'EST PAS INDISPENSABLE
VOUS M'AVEZ BIEN DIT...
DE FAIRE CE QUE JE VOULAIS, NON ?

VOUS ÊTES...
VRAIMENT UN CAS DÉSESPÉRÉ
AH BON ?
DÉSOLÉ
JE NE VEUX PAS ENTENDRE ÇA
BREF, OUBLIONS
DÉSOLÉ
MAIS OUI !
VOUS SAVEZ, MOI AUSSI...
J'AI PEUR DE CERTAINES CHOSES

LE CRÈVE-GOBELINS !
ENFIN TE VOILÀ !!
TU PARLES D'UNE IDÉE ! INVITER QUELQU'UN PAR LETTRE !
JE VAIS TOUT RAPPORTER À L'HÔTESSE DE LA GUILDE !
LUI RAPPORTER QUOI ?
QUE TOI ET CETTE FILLE VOUS FRICOTIEZ ENSEMBLE !
NOUS FAISONS DES ACHATS
HÉ HÉ HÉ...
TU M'AS L'AIR... EN PLEINE... FORME
C'EST...
BIEN
EUH...
OUI, MADAME
HEM...
ET... QU'EST-CE QUI VOUS AMÈNE ? DU TRAVAIL ?
DU TRAVAIL...
OUI...
EN EFFET
PFF, JE NE SUIS PAS TON COURSIER, D'ACCORD ?
NAVRÉ. MERCI DU COUP DE MAIN

ÇA M'A ÉTÉ BIEN UTILE
AH, ET PUIS...
VENTURERS GUILD
J'AI FAIT APPEL À TOI...
PARCE QUE TU ES L'AVENTURIER LE PLUS SYMPATHIQUE ET LE PLUS FIABLE QUE JE CONNAISSE
HUMPF...
HÉ HÉ HÉ
BESOIN DE BRAS À LOUER ?
NOUS POURRIONS VOUS PRÊTER MAIN-FORTE... CONTRE RÉMUNÉRATION, NATURELLEMENT
NON, NOUS NOUS DÉBROUILLE-RONS
MAIS AU FAIT, TU NE POUVAIS PAS ACHETER LOCAL ? ILS DOIVENT BIEN VENDRE CE GENRE DE CHOSE, ICI, NON ?
LA VARIÉTÉ LOCALE N'EST PAS D'ASSEZ BONNE QUALITÉ, MALHEUREUSE-MENT
SI TU LE DIS

ET À QUOI ÇA VA TE SERVIR, D'ABORD ?
CELA ME SEMBLE ÉVIDENT
À TUER DES GOBELINS
OH...
VOUS VOILA TOUS ! VOUS ÊTES REVENUS !
ET COMMENT !
ET C'ÉTAIT PAS UNE PARTIE DE PLAISIR !

ALORS ? COMMENT ÇA S'EST PASSÉ ?
ON A EU CHAUD PLUSIEURS FOIS...
MAIS BON, ON VOUS RACONTERA ÇA EN DÎNANT
QU'EST-CE QUE J'AI LA DALLE !
MINUTE, LE NAIN ! INTERDIT DE PARLER BOULOT PENDANT LE REPAS !
OH, AVEC TOI, TOUT EST INTERDIT ! COMMENT VEUX-TU TROUVER UN ÉPOUX AINSI ?
JE CRAINS QU'ON NE PUISSE EFFECTIVEMENT NARRER CES MÉSAVENTURES EN CE LIEU
ENTRETENONS-NOUS PLUTÔT DANS LE TEMPLE
EH BIEN, DANS CE CAS, JE M'OCCUPERAI DU DÎNER CE SOIR
NOUS PARLERONS APRÈS, D'ACCORD ?

AUCUNE OBJECTION
MOI NON PLUS
D'ACCORD, MAÎTRE CRÈVE-GOBELINS, MAIS PENDANT LE DÎNER, ESSAYEZ DE PARLER D'AUTRE CHOSE QUE DE GOBELINS
GROUMPF
HA ! HA ! HA ! HA !
IL FAUT RESPECTER LES REQUÊTES DE SES COMPAGNONS DE ROUTE
ALLEZ, VOUS DEUX, ON RENTRE

MAÎTRE CRÈVE-GOBELINS...
ON Y VA ?
OUI, PARDON...
DES COMPAGNONS...
J'IMAGINE QUE...
LE TERME EST ADAPTÉ

C'EST LÀ-DEDANS

VOILÀ CE QUE JE QUALIFIE DE MÉSAVENTURE
QUELQUE CHOSE BRILLE...
UN MIROIR ? BIZARRE...
IL EST SOURCE DE LUMIÈRE ?
CERTES, ÇA AUSSI C'EST ÉTRANGE, MAIS JE PARLAIS DE CE QUI SE TROUVE DEVANT
DEVANT ?
QU... QU'EST-CE... QUE C'EST QUE ÇA ?

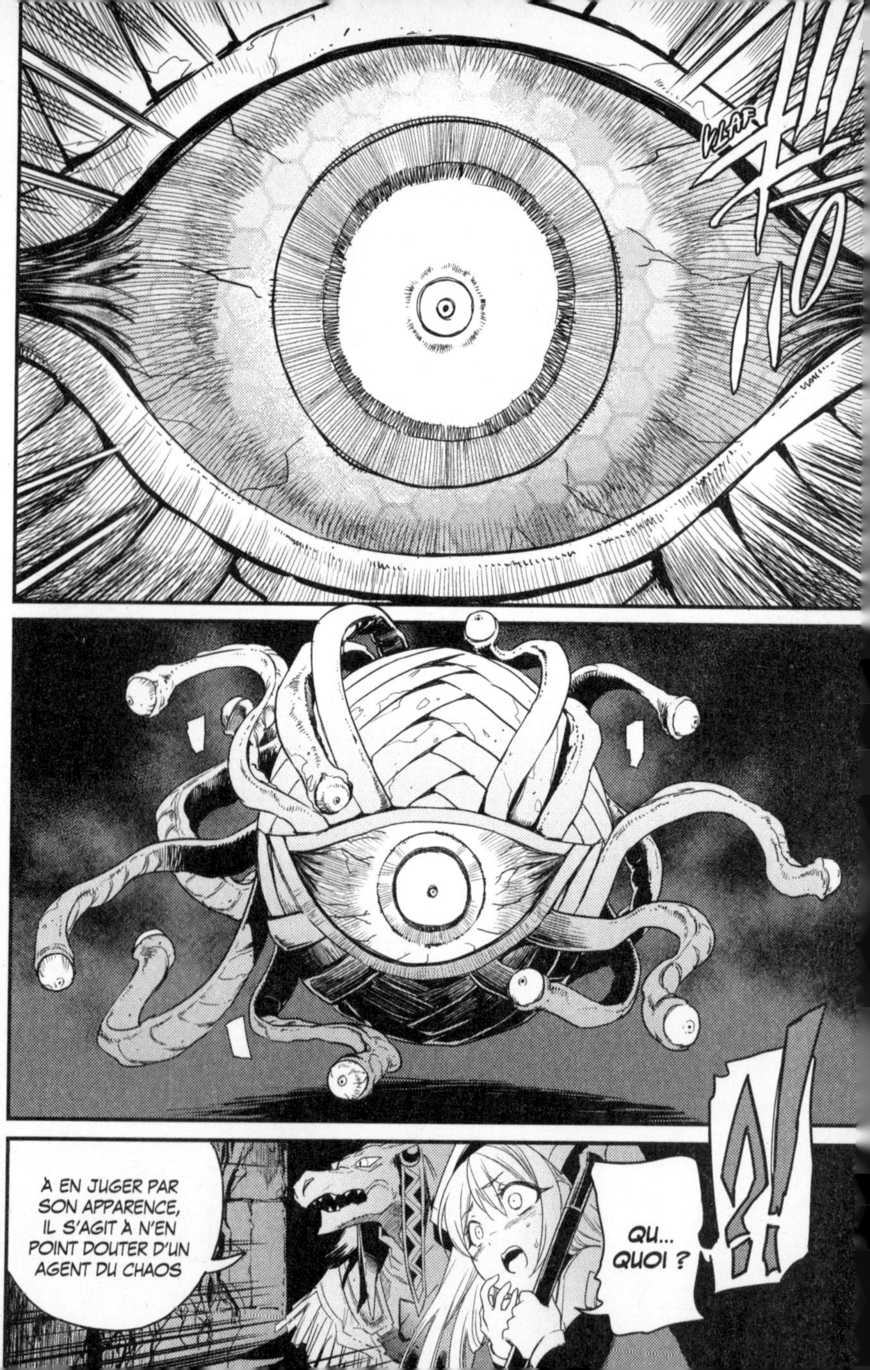
KLAF
QU... QUOI ?
À EN JUGER PAR SON APPARENCE, IL S'AGIT À N'EN POINT DOUTER D'UN AGENT DU CHAOS

C'EST UN DE CES MONSTRES DONT...
ON NE DOIT PRONONCER LE NOM
QU'IM-PORTE
NOUS L'APPELLERONS « L'ŒIL GÉANT », ÇA FERA L'AFFAIRE
ÇA RESTE UNE CHASSE AUX GOBELINS
HA HA
TU NE FAIS PAS DANS LA SUBTILITÉ, HEIN ?
ON POURRAIT MÊME L'APPELER « GROZ » POUR « MONSTRE AU GROS ŒIL » !
ET... QU'EST-CE QUE VOUS ENVISAGEZ DE FAIRE CONTRE CE... CET ŒIL GÉANT ?
DANS CE CAS, POUR PERPÉTUER NOS SAINTES HABITUDES, JE ME POSTERAI EN PREMIÈRE LIGNE
EN TOUT CAS, VOUS POUVEZ COMPTER SUR MOI POUR UN MIRACLE DE PROTECTION
MOI, JE RESTERAI EN RETRAIT POUR LE LARDER DE FLÈCHES

HUM
HUM...
ON A MANIFESTEMENT DÉPASSÉ LES LIMITES DE LA VILLE DES EAUX
LES RACINES DE LA FLORE QUI POUSSE DEHORS SE SONT FRAYÉ UN CHEMIN JUSQU'ICI
JE SUIS DONC LIBRE DE FAIRE USAGE D'À PEU PRÈS TOUS MES SORTS
ON PEUT PASSER LA JOURNÉE À LE REGARDER DANS LE BLANC DES YEUX...
ÇA RESTE UN ŒIL GÉANT
On fait de l'humour, le courtaud ?
IL « VOIT »...
DANS CE CAS, IL FAUT L'AVEUGLER. PEU IMPORTE COMMENT
TU T'EN OCCUPES ?
UNE PETITE « MURAILLE DES ESPRITS » DEVRAIT FAIRE L'AFFAIRE
D'ACCORD

VOUS ÊTES PRÊTS ?
BEN ALORS, ORCBOLG ? PAS DE TORCHE, AUJOURD'HUI ?
JE VEUX ESSAYER QUELQUE CHOSE
LE FEU NE FERAIT QUE ME GÊNER
ALLONS-Y !
DAAH
BIH BIH
BIH
Ô miséricordieuse terre-mère…
par le pouvoir de la terre, accorde la sécurité à ceux qui sont fai…
VIIIM

VIIIM

BIIH
BIIH
DOOM
CHAPITRE 26

!!
ÇA VA ?!
OU...
OUI...
TANT MIEUX, ALORS
TU PENSES POUVOIR TE RELEVER ?
...
QUOI ?
JE N'ARRIVE ...
JE N'ARRIVE PAS À LANCER DE SORTS !!
UNE DISSIPATION DE LA MAGIE !!
C'EST CET ŒIL !
TRANCHE-BARBE ! PEUX-TU LUI OBTURER LA VUE MOMENTANÉMENT ?
COMPTE SUR MOI !

VLOM
PSHAA
BZIIM
Hardi les gnomes et au boulot ! Montez sur le mur de bas en haut ! Il retiendra le vent, les vagues… ne faiblissez pas, camarades !
MURAILLE DES ESPRITS !
DOM

PUISQU'IL LANCE SES SORTS PAR LA VUE...
ON VA VOIR CE DONT IL SERA CAPABLE AVEC UN MUR OPAQUE !
NON !
MAÎTRE SHAMAN !!
OH ?
CRR
OOOOH ?!
PSHH
PSHH
PSHH

DODAM
C'EST BRÛLANT !
AAH, NON !
SON ŒIL PRINCIPAL LANCE DISSIPATION DE LA MAGIE...
ET CEUX DE SES TENTACULES, DÉSINTÉGRATION !
ÇA SENT TRÈS MAUVAIS !
QU'EST-CE QU'ON FAIT ?

POUR LE MOMENT, REPLIONS-NOUS !
VOILA QUI EST BIEN FÂCHEUX
ON DIRAIT QUE... TANT QUE NOUS N'ENTRONS PAS DANS CETTE SALLE...
IL NE NOUS ATTAQUE PAS
IL DOIT PROTÉGER CET ENDROIT

Tiens, un peu d'eau
IMPOSSIBLE D'UTILISER DES SORTS
ET IL DISPOSE D'UN RAYON ARDENT...
Aoutch
ET DE PLUS DE TENTACULES QUE NOUS TOUS RÉUNIS ! ON A AUCUNE CHANCE !
JE PENSE QUE S'IL NE ME VOIT PAS, JE POURRAI PEUT-ÊTRE INVOQUER LE MIRACLE...
JE VEUX TENTER QUELQUE CHOSE
...
JE TE RAPPELLE QUE LE FEU, L'EAU ET LE GAZ EMPOISONNÉ SONT INTERDITS
T'INQUIÈTE
PARFAIT
NOUS SOMMES BIEN HORS DE LA VILLE, PAS VRAI ?
JE CROIS BIEN
AUCUN PROBLÈME, ALORS
C'EST ENTENDU, DANS CE CAS
REPOSONS-NOUS SUR VOTRE IDÉE, MESSIRE CRÈVE-GOBELINS

J'AI BESOIN D'UNE DIVERSION, NE SERAIT-CE QU'UNE SECONDE
IL FAUT QUE QUELQU'UN ENTRE ET COURE. TU PEUX LE FAIRE ?
COMPTE SUR MOI !
PEUX-TU LANCER LE SORT D'HÉBÉTEMENT ?
D'ICI ? OUI, ÇA DOIT POUVOIR PASSER !
IL NOUS FAUT UN GUERRIER CROC-DU-DRAGON. UN SEUL SUFFIRA. TU PEUX LE CRÉER ?
BIEN SÛR...
MAIS JE M'INQUIÈTE D'UNE ÉVENTUELLE DISSIPATION...
JE L'EMPÊCHERAI D'Y VOIR CLAIR
ENFIN...
JE VEUX QUE TU LANCES UNE PROTECTION SUR L'ENTRÉE
TU Y PARVIENDRAS ?
OUI, CHEF !
AUCUN PROBLÈME !

BIH BIH
BIH
TIP
TIP
TIP
DADADAM
ÇA VIENT !
ÇA VIENT !
ÇA VIENT !
BON, S'IL FAUT JUSTE ÉVITER DE ME FAIRE GRILLER...

MES SŒURS AÎNÉES, ELLES, AURAIENT SANS DOUTE PU VISER LES YEUX TOUT EN ESQUIVANT SON RAYON DE DÉSINTÉGRATION...
SI SEULEMENT J'AVAIS PLUS D'EXPÉRIENCE...
HO, HO !
BIEN JOUÉ, LONGUES-OREILLES !

BOIS TOUT TON SOÛL, CHANTE À TUE-TÊTE !
MARCHE EN CADENCE, CHANTE À TUE-TÊTE !
QUAND TU DORS, LES ESPRITS VEILLENT !
HÉBÉTEMENT
HI, HI... COMME QUOI, MÊME UN ŒIL GÉANT PEUT DEVENIR SOÛL
C'EST TOUT DE SUITE PLUS FACILE QUAND IL NE TE TOISE PAS !
BIEN

BAM
ZOUM
BAM
BAM
BAM

DADAM
DAM
QU'EST-CE QUE C'EST ?
DE LA FARINE. NE LA RESPIRE PAS
JE NE SAIS PAS CE QUE TU MIJOTES...
MAIS T'AURAIS PU PRÉVENIR
HÉ, TRANCHE-BARBE ! LONGUES-OREILLES !
LE SORT NE FERA PAS EFFET BIEN LONGTEMPS !
PAR ICI, ORC-BOLG !

AVANCE, GUERRIER CROC-DU-DRAGON !
MESSIRE CRÈVE-GOBELINS
MON GUERRIER CROC-DU-DRAGON EST ROBUSTE, MAIS MÊME LUI NE FERA PAS LE POIDS FACE À UNE DÉSINTÉGRATION
ÇA NE FAIT RIEN
TIRE UNE FLÈCHE. TOUCHER LE MONSTRE SUFFIRA
MAIS LA DOULEUR INTERROMPRA AUSSITÔT L'HÉBÉTEMENT...
PEU IMPORTE
QUANT À TOI, LANCE IMMÉDIATEMENT PROTECTION SUR L'ENTRÉE

TON RÔLE EST ESSENTIEL
NE FAIBLIS PAS, SANS QUOI NOUS MOURRONS TOUS
OU...
OUI, CHEF !
Tu ne pouvais pas le lui dire avec un peu plus de tact ?
Franchement...
BAM
TOP
BIH BIH
PAAAH
GIIM
Protection

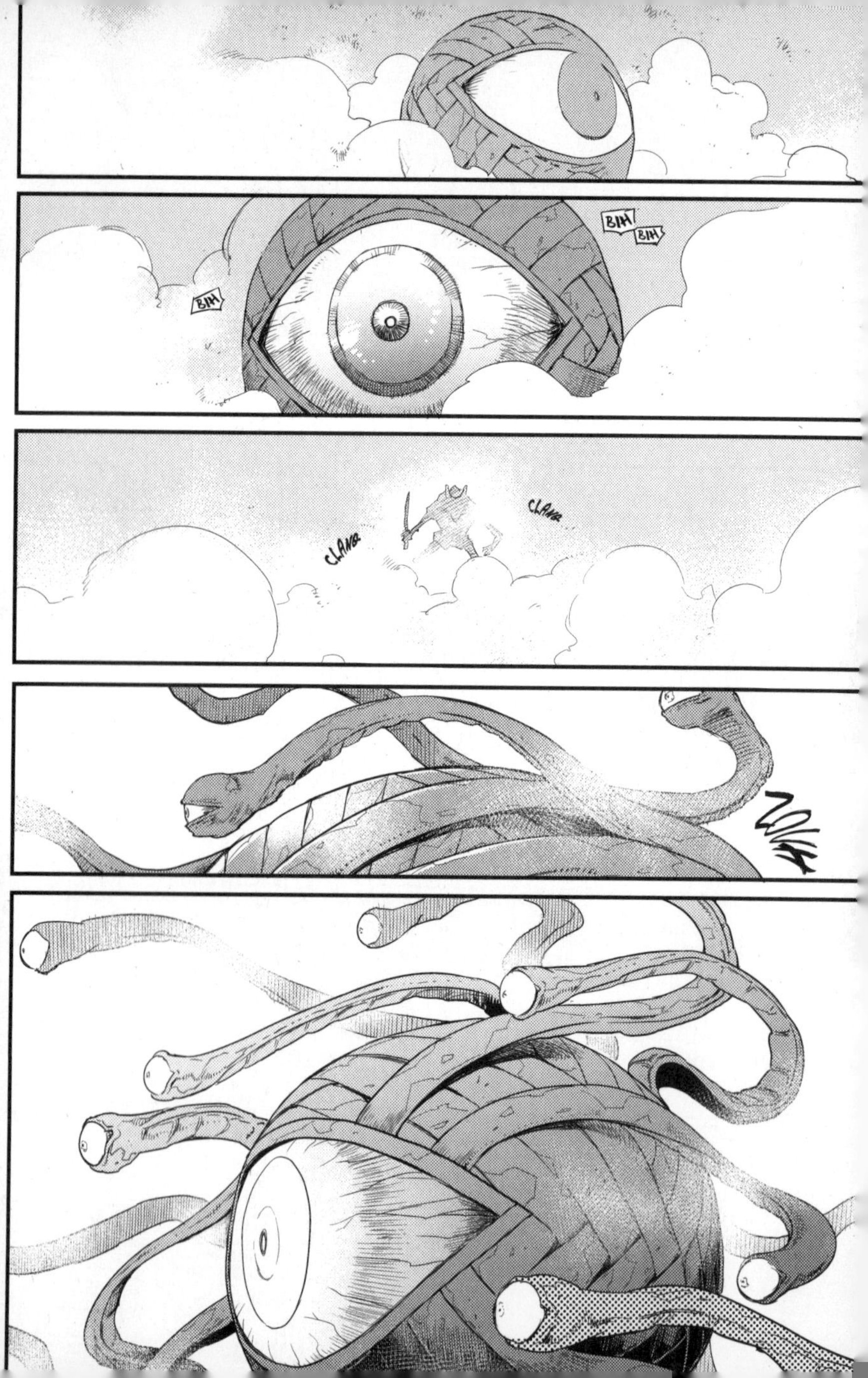
BIH
BIH
BIH
CLANG
CLANG

LA POUDRE...
UNE SALLE FERMÉE...
ARRÊTE !
QUOI ?
TU NE PENSES QUAND MÊME PAS À...
MAIS QUOI ?
BOUCHEZ-VOUS LES OREILLES...
OUVREZ LA BOUCHE...
ET TOUS À TERRE !
TCHAC

BAOUM

VLOUF
...
HEIN ?
UN...
UN ÉCLAIR ?
REGARDEZ !

CLAM
CLAP
?
VLAM
VLAM
SPLORK
ÇA A MARCHÉ...
C'EST BIEN...
LE GROZ, ÇA ?
MAIS QU'EST-CE QUI S'EST PASSÉ ?
C'ÉTAIT DE LA FARINE, N'EST-CE PAS ? MAIS COMMENT...
AVEZ-VOUS ACCOMPLI CET EXPLOIT ?
TCHAC
JE ME SUIS RAPPELÉ CE QUE M'AVAIT RACONTÉ UN MINEUR
IL AFFIRMAIT QU'IL SUFFIT D'UNE ÉTINCELLE DANS UNE PIÈCE PLEINE DE POUDRE POUR QUE LES FLAMMES...
SE RÉPANDENT AUSSITÔT ET PROVOQUENT UNE EXPLOSION
TCHAC

MAIS C'ÉTAIT PLUS COMPLIQUÉ QUE JE NE M'Y ATTENDAIS
ET ON COURT LE RISQUE D'UN INCENDIE INCONTRÔLABLE
TROP DANGEREUX AU BOUT DU COMPTE
ÇA NE SERVIRAIT À RIEN CONTRE DES GOBELINS
QUOI ?
C'ÉTAIT UNE EXPLOSION ?!
JE N'AI UTILISÉ DIRECTEMENT NI FLAMMES NI EAU, NI GAZ EMPOISONNÉ
TU JOUES SUR LES MOTS...
...
OH ET PUIS MINCE !
Ah bon ?
IL N'EST PAS TRÈS DOUÉ POUR RESPECTER SES PROMESSES AUTREMENT QUE DANS LA FORME

IL N'Y A APPAREMMENT RIEN D'AUTRE DANS CETTE SALLE
MIS À PART LE MIROIR, ON NE TROUVE QUE LES TRÉSORS DE GUERRE DES GOBELINS
ET QU'AURAIS-TU FAIT S'IL N'AVAIT PAS EXPLOSÉ ?
COMME L'UN DE VOUS L'A FAIT REMARQUER, CETTE CHOSE SE PRÉOCCUPAIT AVANT TOUT DE DÉFENDRE CE LIEU
NOUS L'AURIONS ALORS...
ARROSÉ DE FLÈCHES DEPUIS LE COULOIR, POUR NOUS REPLIER AVANT QU'IL NE REPRENNE SES ESPRITS
ET NOUS AURIONS RÉPÉTÉ L'OPÉRATION JUSQU'À CE QUE MORT S'ENSUIVE
ÇA PREND DU TEMPS, MAIS C'EST EFFICACE
MAIS ! C'EST MOI QUI AURAIS FAIT TOUT LE BOULOT !
C'EST SÛR QUE CELA T'AURAIT BIEN EMBÊTÉE
COMMENT ÇA ?

J'EN CONNAIS UN QUI FERAIT MIEUX D'EN PERDRE UN PEU, DU POIDS !
POF POF
POF POF
CE PETIT BIDON EST LA RAISON D'ÊTRE DES NAINS !
AVEC TOUT CET EXERCICE, TU N'ARRIVERAIS PLUS À GROSSIR ET RESTERAIS UNE PLANCHE À PAIN TOUTE TA VIE !
NON MAIS ÉCOUTEZ-LE, L'AUTRE !
TCHAC

EST-CE QU'IL...
S'AGIRAIT D'UN OBJET DE CULTE ?
MIEUX VAUT S'ABSTENIR D'Y TOUCHER SANS PRÉCAUTION
CERTES, MAIS ON EST CENSÉS ENQUÊTER, NON ?
PLOP
OUAH ?!
BAM

BAM
BAM
EN FORMATION !
AH...
LA SURFACE ...
TOUR-BILLONNE

QU'EST-CE DONC ?
OU PLUTÔT, OÙ EST-CE DONC ?
C'EST QUOI, AU FOND ?
ON DIRAIT DES SILHOUETTES HUMAINES ?
NON...
CE SONT DES GOBELINS

CET ENDROIT ME DONNE LA NAUSÉE
ÇA DOIT ÊTRE LE FOYER DES GOBELINS
OH, C'EST REPARTI...
REGARDEZ !
CE SONT LES RUINES QU'ON A VISITÉES L'AUTRE JOUR, NON ?!
DANS LA JUNGLE, OUI... LÀ OÙ L'ON A TROUVÉ DES GOBELINS PARTICULIÈREMENT BIEN ÉQUIPÉS

EST-CE QUE CEUX QUE NOUS AVONS TROUVÉS LÀ-BAS POURRAIENT VENIR D'ICI ?
CE SERAIT DONC UNE RELIQUE ANCIENNE CAPABLE D'OUVRIR UN PORTAIL ?
UN MIROIR MAGIQUE RENFERMANT UN SORT DONT LE SECRET EST AUJOURD'HUI OUBLIÉ
QUELQU'UN A DONC UTILISÉ CETTE CHOSE POUR FAIRE VENIR LES GOBELINS...
LEUR A DONNÉ DES ARMES, LES A INSTALLÉS ICI...
ET A FINALEMENT INVOQUÉ CETTE ABOMINATION...
POUR PROTÉGER L'ARTEFACT
MAÎTRE CRÈVE-GOBELINS...

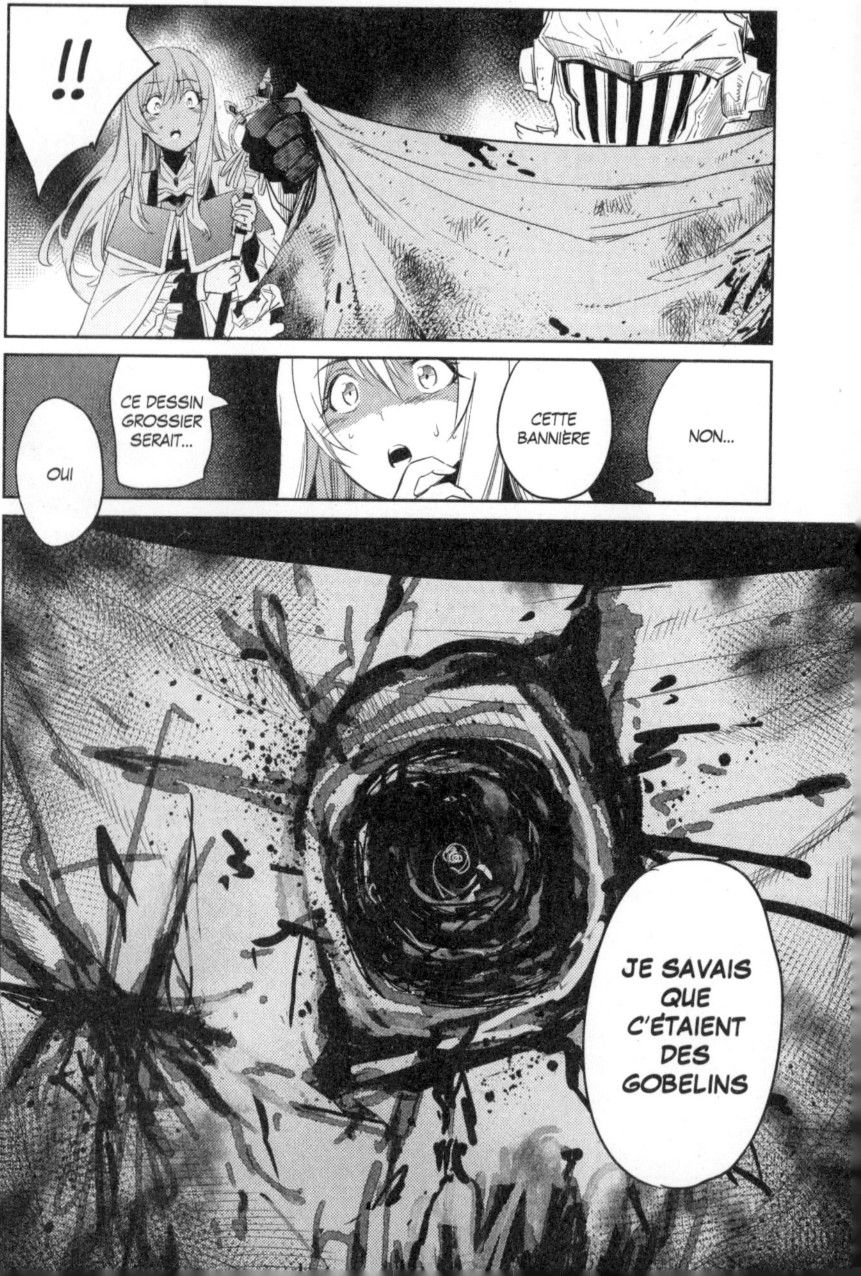
!!
NON...
CETTE BANNIÈRE
CE DESSIN GROSSIER SERAIT...
OUI
JE SAVAIS QUE C'ÉTAIENT DES GOBELINS

CE DESSIN LAISSE ENTENDRE QUE LES MONSTRES ENVISAGENT DE VENGER L'ŒIL CREVÉ DE LEUR CHEF
C'EST ÉVIDENT
FLAP
GROOM
GROOM
GROOM
GROOM
GROOM
GROOM
GROOM
GROOM
GROOM
GROOM
HII !
HA HA...
L'ÉCHO DE NOTRE PETITE DÉFLAGRATION A DÛ LEUR PARVENIR
SI C'EST DE LA QUE VIENNENT CES PETITS MONSTRES...
OUI...

Goblin Slayer 5 – FIN

Interlude : une histoire démarrée peu avant celle-ci

Kumo Kagyu

— Et donc, au sujet des gobelins…

Lorsque sa servante entama la discussion, la Vierge à l'Épée ressentit sa propre chair se raidir, quand bien même cela allait à l'encontre de sa volonté.

Elle tenta de se détendre en respirant calmement, mais son visage ne parvint pas à afficher cette volonté de sérénité.

Dans cette salle d'eau où la vapeur envahissait les lieux, la Vierge à l'Épée avait pris pour habitude de laisser à ses servantes la tâche de lui faire ses ablutions.

Elles la frottaient avec douceur, lui dénouaient les cheveux, l'embaumaient d'une douce fragrance, lui faisaient les ongles…

Il aurait été facile de se dire qu'elle se laissait aller telle une marionnette pour se soulager de ses problèmes quotidiens. Cela n'était en réalité pas du tout le cas.

— Je ne suis plus une gamine, vous savez, dit-elle pour changer de conversation, tout en faisant la moue.

L'une des servantes la rappela durement à l'ordre d'un « n'y comptez même pas ! ».

— Madame l'archevêque, vous savez très bien que si l'on vous accordait une telle liberté, vous vous laisseriez totalement aller !

— Peut-être, mais quand même…

On la tira par-dessous la poitrine vers le haut pour lui faire comprendre qu'elle devait se lever, geste qui la força à expirer une bouffée de vapeur d'eau.

— Arriver à maintenir un certain niveau de propreté doit largement suffire pour soigner son apparence, non ?

— Et voilà, vous dites toujours ça !

La sensation de fraîcheur du baume provoqua un frisson le long de son échine.

La Vierge à l'Épée ne put empêcher un gémissement de sortir de sa bouche.

Elle se doutait que la servante avait agi ainsi exprès, et ne cacha pas son mécontentement à son encontre.

— Vous savez bien qu'aucun homme ne prendrait plaisir à voir un corps pareil, non ?

— Arrêtez de vous rabaisser ainsi, madame l'archevêque.

Elle put entendre les servantes pousser un soupir comme pour montrer leur exaspération.

Mais en tant que Vierge à l'Épée, elle avait tout de même le droit de montrer son objection.

À chaque fois que l'une des domestiques venait à effleurer du doigt les irrégularités de sa peau, la douleur venait lui rappeler leur existence.

La chaleur du bain exacerbait d'ailleurs la douleur de ces anciennes plaies dispersées un peu partout sur son corps.

Elle était persuadée que personne ne pouvait décemment prendre plaisir à voir un corps pareil… Mais ce n'était pas le cas de son personnel, apparemment.

Penser qu'il s'agissait peut-être là d'un véritable compliment réchauffa un peu le cœur de la Vierge à l'Épée.

— Puisque vous avez été aventurière, vous savez à quel point il est important de prendre soin de ses armes et de son matériel, n'est-ce pas ?

— Certes, oui…

— Eh bien c'est la même chose avec le corps d'une femme. Croire qu'il tiendra longtemps le coup sans être soigneuse avec, c'est vivre dans une illusion qui, semble-t-il, vous arrange bien.

L'argument des servantes tenait dans le fait que cela pourrait la mettre dans un grand embarras si elle laissait son corps décliner, et c'est pour cette raison qu'elles se donnaient tant de mal à astiquer sa peau.

Ces lointains et nostalgiques souvenirs qui ressurgirent alors dans sa tête lui firent prendre conscience du bien-fondé de l'action de ses servantes. « Effectivement », songea-t-elle.

Le chef de son groupe d'aventuriers vérifiait bien avec grand soin l'état de son équipement avant chaque bataille.

Les souvenirs de ces nuits passées à dormir quotidiennement dans des granges ou des écuries, provoquèrent en elle une forte poussée de nostalgie. Elle soupira de dépit en pensant au monde qui séparait ce passé avec son présent.

Si la jeune fille qu'elle était autrefois s'était imaginé alors vivre un futur fastueux comme celui-ci, elle aurait à coup sûr exprimé une forte colère.

Quel gâchis… Être capable de dénigrer un tel luxe est, en soi, une forme de luxe.

— Mais c'est tellement pénible !

Là était la véritable raison.

Sans même se rendre compte du ton très enfantin qu'elle venait d'employer, la Vierge à l'Épée prit le document posé à côté d'elle.

L'avantage des parchemins, c'est que la nature animale de cette matière leur permettait — mis à part une légère pliure — de ne souffrir que très peu de l'humidité ambiante de la pièce dans laquelle elle se trouvait.

Elle venait à peine de se mettre à le déchiffrer, son long doigt d'une rare blancheur glissant sur chaque mot, qu'elle entendit l'une des servantes pousser un soupir.

— Quand allez-vous une bonne fois pour toutes arrêter d'amener au bain vos documents et votre encre ?

— Voyons, j'ai un rôle à assumer, répondit la Vierge à l'Épée du tac au tac, en fronçant les yeux. Des yeux visibles puisque le cache-œil avait été préalablement retiré.

Les devoirs de l'archevêque de la ville des eaux, responsable du pouvoir judiciaire dans toute la région proche de la frontière ouest, étaient en effet aussi immenses que variés.

Il était en soi rare qu'elle ait à rendre elle-même des décisions de justice, mais même sans cela, elle restait tout de même au sommet du système judiciaire.

Elle pouvait recevoir des missives de prêtres chargés de mission n'ayant pu trouver de solution à un problème surgi dans un village. On pouvait également lui demander son avis sur la décision finale à prendre dans un procès. Ou l'informer des récentes affaires criminelles ou même encore des nouvelles têtes mises à prix.

Après avoir déambulé dans les mains de divers prêtres et dans les méandres des différents tribunaux de région, tous ces documents finissaient toujours par arriver sur son bureau.

Car toute décision prise par ses subordonnées nécessitait qu'elle y appose son nom et son tampon.

Comme tout avait théoriquement été scrupuleusement examiné par ses équipes au préalable, il n'y avait normalement pas à vérifier si le travail avait été bien fait.

Cependant, la nature de son poste lui imposait de vérifier mot après mot — son doigt les parcourant un par un — chaque missive qu'elle recevait.

Dieu ayant autorisé l'homme à rendre la justice, et elle à faire usage de miracles, elle se sentait forcée de répondre correctement aux attentes du Créateur.

C'était aussi pour cette raison qu'elle était devenue aventurière et qu'elle avait combattu le Seigneur Démon, ou en tout cas celui que tout le monde considérait comme tel.

« Et même si j'ai vécu plein de choses formidables, les atrocités ont aussi fait partie de mon quotidien. »

Retrouvant ses esprits après avoir quelque temps laissé libre cours à ses pensées, la Vierge à l'Épée trempa sa plume dans son encrier et y apposa sa signature.

— Certes, mais maintenant vous allez me donner cette main, voulez-vous ? Si de l'encre s'infiltre sous votre ongle, c'est un véritable enfer de l'enlever une fois que cela a séché.

— Hé !

Aussitôt dit, parchemin et plume lui furent littéralement arrachés des mains et posés à bonne distance de l'archevêque, tandis que sa main droite fut tirée de force.

Sans aller jusqu'à dire qu'elle se trouvait dans une brume épaisse, il lui faudrait malgré tout tâtonner un certain temps avant de retrouver le message et son matériel.

La Vierge à l'Épée tenta bien de montrer sa désapprobation en gonflant ses joues, mais les servantes étaient bien trop occupées à masser les doigts de leur maîtresse.

— Vous savez, pour être au service de Dieu, un corps en parfait état est une condition *sine qua non*.

— Comment voulez-vous que j'endommage mon corps si on ne me laisse même pas les moyens de travailler ?

— Si on vous laissait agir comme vous le souhaitez, votre poitrine et vos fesses seraient déjà en train de s'affaisser.

— Vraiment ?

— Oh que oui !

Une telle éventualité l'effrayant, la Vierge à l'Épée se détendit et accepta de se laisser faire.

Elle aurait néanmoins adoré pouvoir se plonger jusqu'au menton dans une baignoire bien chaude si cette salle d'eau avait eu le bon goût d'en posséder une.

Malheureusement, il s'agissait ici d'un hammam et elle n'avait rien pour cacher son visage.

Je me demande à quoi je peux bien ressembler, en ce moment.

Elle posa ses mains sur ses joues qu'elle s'imaginait rougies par la chaleur et poussa un soupir.

Cela faisait des lustres qu'elle n'avait plus regardé son visage. Le dernier souvenir qu'elle en avait était celui que lui avait reflété une surface d'eau quand elle était jeune.

Il n'y avait rien d'anormal, après tout ce temps, à ce qu'elle soit incapable de l'imaginer avec de nombreuses années de plus.

— Je disais donc, au sujet des gobelins…

— Oui…

Le corps de la Vierge à l'Épée se raidit à nouveau, comme celui d'une enfant en train de se faire réprimander par sa maîtresse.

Incapable de deviner ce qu'on allait lui annoncer, elle sentit sous sa poitrine opulente son cœur battre au point de lui endolorir le torse.

Elle avait en effet transmis une demande de quête à la Guilde, mais elle savait déjà que les choses avançaient mal.

À vrai dire, elle était aussi déjà au courant de tout ce qui se tramait dans les sous-sols.

Et elle se doutait qu'on lui annoncerait un jour qu'il est nécessaire d'aller y faire le ménage.

Comment devra-t-elle agir, ce jour-là ?

Pire : que devra-t-elle dire si ses servantes lui demandent pourquoi son corps tremble à ce point, actuellement ?

Le bruit de l'eau s'évaporant sur les pierres brûlantes lui remémora la cacophonie des tavernes d'antan.

Ces années sombres où, méprisée et peu considérée, elle devait en permanence baisser le regard.

« En espérant que je n'aie pas à revivre cette époque… »

— On nous a fait part de l'existence d'une personne particulièrement douée pour ce genre de choses, près de la frontière.

Il lui fallut un certain temps, long, pour que les mots qu'elle n'avait écoutés qu'à moitié prennent sens dans son cerveau.

— Que voulez-vous dire par « ce genre de choses » ?

— Eh bien, les gobelins, pardi ! Un spécialiste de l'extermination de gobelins, paraît-il.

La domestique venait de lui annoncer la nouvelle d'une voix chantante mélangée à un sourire amer.

Elle se demanda quel genre de personne cela pouvait bien être. Elle tenta de s'imaginer une silhouette dans sa tête qui resta néanmoins floue.

Des contours indéfinis. Était-ce un guerrier au charisme éblouissant, ou un maître sorcier ? Elle avait du mal à s'imaginer l'un ou l'autre.

— Est-il vraiment compétent ?

— Le meilleur d'entre tous près de la frontière, nous a-t-on dit. Souhaitez-vous que la Guilde nous fournisse plus de détails ?

— Effectivement, répondit la Vierge à l'Épée d'une voix calme pour cacher son excitation. Faites donc. Et comment s'appelle-t-il, sinon ?

— Crève-Gobelins…

Un aventurier spécialiste de l'extermination des gobelins. Le *Goblin Slayer*.

Nul doute qu'une autre personne qu'elle aurait ri à l'écoute d'un tel surnom, mais cela ne fut pas le cas de la Vierge à l'Épée.

Après l'avoir répété à plusieurs reprises comme pour se rassurer sur son choix, elle posa ses yeux désormais brillants de mille feux sur la servante qui lui avait fait l'annonce :

— Faites vite venir à moi cette personne !

Ô MISÉRICORDIEUSE TERRE-MÈRE, PAR LE POUVOIR DE LA TERRE, ACCORDE LA SÉCURITÉ À CEUX QUI SONT FAIBLES !
DONNE-T'EN À COEUR JOIE, TRANCHE-BARBE !
C'EST UNE MORT BIEN HEUREUSE QU'IL A SUBIE, POUR UN GOBELIN
QU'EST-CE QUE J'AI DANS MA POCHE ?

GOBLIN SLAYER

GOBLIN SLAYER!

He does not let anyone roll the dice.

6

LES VAGUES DE GOBELINS SE SUCCÈDENT SANS FIN. QUEL EST DONC LE SECRET DE CETTE PROFUSION ?!

À SUIVRE DANS LE PROCHAIN TOME !!

GOBLIN SLAYER

GOBLIN SLAYER vol. 5

First published in Japan in 2018 by SQUARE ENIX CO., LTD.
French translation rights arranged with SQUARE ENIX CO., LTD.
and UNIVERS POCHE S.A. through Tuttle-Mori Agency, Inc.

French Translation rights : Éditions Kurokawa
Collection dirigée par : Grégoire Hellot
Traduction : Fabien Nabhan
Lettrage : Sylvie Naddéo-Deloche

ISBN : 978-2-368-52736-8

MIXTE
Papier issu de sources responsables
FSC® C003309
FSC www.fsc.org

Kurokawa, une marque d'Univers Poche, est un éditeur qui s'engage pour la préservation de son environnement et qui utilise du papier fabriqué à partir de bois provenant de forêts gérées de manière responsable.

KUROKAWA - 12, avenue d'Italie
75627 Paris Cedex 13

Dépôt légal : juin 2019
Imprimé en France par Aubin Imprimeur

KUROKAWA
www.kurokawa.fr